Markus Bötefür
Fronleichnam

Markus Bötefür, geboren 1965 in Oberhausen, studierte Geschichte und Germanistik an der Universität Essen und promovierte dort 1999. Es folgten mehrjährige Lehrtätigkeiten an Schulen und Hochschulen im In- und Ausland. Neben seiner Lehrtätigkeit veröffentlichte er zahlreiche Beiträge zur Regionalgeschichte und Geschichte Südostasiens und zu Reisezielen in Asien. Außerdem arbeitet er als Angelguide am Niederrhein.

Fronleichnam ist nach *Leichenschau* und *Damenjagd* sein dritter Titel im Programm des KBV.

Markus Bötefür

Fronleichnam

KBV
KRIMI

Originalausgabe

www.kbv-verlag.de
E-Mail: info@kbv-verlag.de
Telefon: 0 65 93 - 99 86 68
Fax: 0 65 93 - 99 87 01
Umschlagillustration: Ralf Kramp
Redaktion, Satz: Volker Maria Neumann, Köln
Druck: Aalexx Buchproduktion GmbH, Großburgwedel
Printed in Germany
ISBN 978-3-940077-53-0

Aus tief empfundener Dankbarkeit für die vielen erfüllten Autogrammwünsche Anfang der Siebziger Jahre widme ich dieses Buch dem Bundesligahelden Hermann-Josef Wilbertz.

Verflucht sei, wer es wagt,
an meine Knochen Hand zu legen!

William Shakespeare (Grabsteininschrift)

1. Kapitel

Kirmesheiligabend

Mittwoch, 10. Juni

Als Kriminalbeamtin erfreut es einen nicht immer und unter allen Umständen, dienstliche Pflichten erfüllen zu müssen, und zuweilen hofft man sogar, Täter entwischen lassen zu können. Als ich an jenem schwülheißen Mittwoch gegen neun Uhr vormittags in die Wohnung des Verlegers Robert Pielecke gerufen wurde, überkamen mich solche, zugegeben eher seltenen Gefühle. Die Spurensicherung hatte ihre Arbeit gerade beendet, und die Leiche des Fünfundsiebzigjährigen befand sich zu diesem Zeitpunkt bereits eine ganze Weile im gerichtsmedizinischen Institut, wo sie später seziert werden sollte. Pathologische Feinbestimmung, wenn man es denn so ausdrücken möchte, denn die Tatsache, dass der europaweit bekannte Rechtsradikale und verkappte Homosexuelle einem Tötungsdelikt zum Opfer gefallen war, hätten angesichts der Umstände seines Dahinscheidens allein solche zu bezweifeln vermocht, die auch den Holocaust beharrlich leugneten, und zu dieser Spezies zählten ganz gewiss auch Pieleckes Freunde und Autoren.

Von einer Wohnung zu sprechen, käme wohl einer Untertreibung gleich, denn der steinreiche Greis residierte in den Räumen einer ehemaligen Fabrik, unweit des Hauptbahnhofs, die er sich zu einem komfortablen Loft hatte umbauen lassen. Obgleich man mich telefonisch darüber unterrichtet hatte, dass der Leichnam im Wohnzimmer entdeckt worden sei, benötigte ich eine ganze Weile, den exakten Fundort auszumachen. Durch ein Labyrinth von spartanisch möblierten Wohnhallen war es alles andere als einfach, zu meinen Kollegen zu stoßen. Einem Gewirr von Polizistenstimmen folgend, fand ich schließlich zum Ausgangspunkt meiner sommerlichen Ferienspiele, denn dass ich nicht wie geplant am folgenden Tag in meinen Griechenlandurlaub starten würde, hatte ich bereits beim Eintreffen auf dem Fabrikgelände geahnt. Eigentlich war es mir auch egal, denn die große Liebe, die mich in die Ägäis begleiten sollte, war just am Vortag für immer erloschen und hatte ihre Teilnahme an der Reise kurzerhand abgesagt. Dass ein toter Nazi nun das Privatleben einer deutsch-vietnamesischen Kriminalkommissarin endgültig auf Eis legen sollte, störte mich zu diesem Zeitpunkt also keineswegs. Im Gegenteil, ich hatte Arbeit und somit ein fantastisches Alibi, in Oberhausen bleiben zu können.

Die gute Stube Pieleckes glich auf den ersten Blick dem Museum am Nürburgring und hätte auch in ihren Ausmaßen problemlos mit diesem konkurrieren können. Statt eines Wohnraums erwartete mich eine lichtdurchflutete Halle, unter deren Glasdach ein gewaltiger Fuhrpark von Renn- und Sportwagen aus mehreren Jahrzehnten Automobilgeschichte aufgestellt war. Ich schätzte die Anzahl der Fahrzeuge auf mindestens ein Dutzend. Die Frage, ob sie einsatzbereit waren oder nicht, stellte ich mir angesichts des Umstandes, sie in der zweiten Etage eines Oberhausener Lofts vorzufinden, nicht. Man fragt in einem Kriminalmuseum ja auch nicht nach der sofortigen Einsatzbereitschaft von mittelalterlichen Folterinstrumenten oder Guillotinen, man wundert sich nur, oder man ekelt sich, oder man tut beides, je nach persönlicher Vorliebe.

»Schaut auf den ersten Blick alles nach einem Raubmord aus. Der oder die Täter haben den Schreibtisch und den Safe ausgeräumt«, begrüßte mich mein Kollege Andi mit gedämpfter und beinahe andächtiger Stimme, und sein geistesabwesender Gesichtsausdruck verriet mir, dass ihn meine

Anwesenheit bei der Verehrung der automobilen Fetische störte.

»Wo findet man denn hier Schreibtisch und Safe?«, erkundigte ich mich, denn bis dahin hatte ich außer Rennboliden, einigen Glastischen und einer weinroten Ledersitzgarnitur nur wenige Möbelstücke ausmachen können.

»Gleich dort hinten, neben dem 1951er Jaguar«, antwortete er und grinste mich dabei spöttisch an. Der Mistkerl wusste nur zu gut, dass ich mich für Autos nicht die Bohne interessierte.

»Hast du eine Ahnung, was drin gewesen ist, hoffentlich nicht nur Matchboxautos?«, fragte ich.

»Wo drin?«

»Im Safe.«

»Die Haushälterin sagt, dass Pielecke seine gesamten Geschäftsunterlagen und einige wichtige Buchmanuskripte dort aufbewahrt hat. Ich bin mir aber nicht sicher, ob ich sie richtig verstanden habe. Die Frau steht nämlich unter Schock. Sie war es auch, die ihn heute Morgen gefunden hat.«

»Walter Sedlmayr und Rudolph Moshammer lassen grüßen«, schätzte ich den Tathergang ein.

»Robert Pielecke war in den frühen Sechziger Jahren ein recht bekannter Formel-Zwei-Rennfahrer. Solche Männer riechen nach Schweiß, Benzin und Motorenöl. Ausgeschlossen, dass es sich bei ihm um einen Schwulen gehandelt hat. Wenn du etwas früher aus den Federn gekrochen wärst, müsstest du hier nicht wild herumspekulieren«, erwiderte Andi beinahe zornig.

»Was habe ich denn Tolles verpasst?«

»Pielecke ist erstochen worden. Wie es ausschaut, hier in diesem Zimmer. Aber selbst du wirst staunen«, erläuterte er mir den Tathergang und reichte mir eine digitale Spiegelreflexkamera.

Was ich auf dem Display zu sehen bekam, war in der Tat außergewöhnlich. Die Mörder hatten das eigenwillige Ambiente der Wohnung dazu genutzt, die blutüberströmten sterblichen Überreste des Medientycoons im Cockpit eines offenen Rennwagens zu drapieren. Das Auto war dunkelgrün und trug auf beiden Seiten einen gelben Längsstreifen. Trotz meines geringen Motorsportinteresses identifizierte ich das Fahrzeug gleich als einen Lotus-Formel-Eins-Wagen, was aber zugegebenermaßen nicht allzu schwierig war, denn es trug in Höhe des Cockpits einen Aufkleber mit der Aufschrift *Clark Team Lotus*, auf seiner sogenannten Nase prangte ein kreisrunder Aufkleber, der mit einer schwarzen Startnummer versehen war – einer Fünf.

»Wurde er in diesem Wagen erstochen?«, wollte ich wissen.

»Wie es aussieht, ja. Wir haben außer im Lotus nirgendwo Blutspuren gefunden. Auch keinerlei Hinweise auf einen gewaltsamen Einbruch. Das Messer stammt aus Pieleckes Küche, die Täter haben es freundlicherweise zurückgelassen.«

»Und es ist natürlich frei von Fingerabdrücken?!«

»So ist es!«

»Habt Ihr schon eine Ahnung, wann der Tod eingetreten ist?«

»Nun, der Gerichtsmediziner konnte ja keine Rektaltemperatur messen. Aber der Arzt meint, etwa vor vier bis fünf Stunden.«

»Warum konnte keine Rektaltemperaturmessung vorgenommen werden?«

»Ach so, ja. Die Leiche war im Auto festgeklebt, mit Sekundenkleber«, sagte Andi und tat dabei so, als sei ein solcher Tatortbefund etwas Selbstverständliches.

Ich war nicht in der Stimmung, den Umstand der Verklebung auf irgendeine Art zu kommentieren. »Also in tiefer und finsterer Nacht. Sieht ja beinahe danach aus, als ob unser Freund das spontane Opfer eines Straßenstrichers geworden ist. Ich werde mal bei den Kollegen von der Sitte anfragen. Mal schauen, wen die so in ihrer Kartei haben«, sagte ich stattdessen halblaut und eher für mein eigenes Ohr bestimmt.

»So ein Quatsch. Robert Pielecke war ein erfolgreicher Geschäftsmann. Der kann viele Feinde gehabt haben. Und außerdem: Warum sollte jemand, der sich einen Stricher ins Haus holt, in einem Rennauto Platz nehmen, dessen Cockpit nur Raum für eine Person bietet? Kannst Du mir das einmal erklären?«, erregte sich Andi.

»Nur weil ihr den Toten in einer Machokiste gefunden habt, heißt das doch noch lange nicht, dass ihn kein Stricher um die Ecke gebracht hat. Sedlmayr war schließlich auch ein Lederschwuler und wurde mit einem Hammer erschlagen. Schwule töten sich nicht mit Wattebäuschchen. Und ist nicht auch der Chef der Formel Eins ein Perverser, der sich von Nutten in Uniform auspeitschen lässt?«, stichelte ich.

»Na gut, meinetwegen. Lass uns das später im Präsidium besprechen«, gab Andi klein bei, während er wie in Trance die Front der aufgestellten Boliden abschritt.

»Ist die Zeugin noch da?«

»Welche Zeugin?«

»Die Haushälterin.«

»Ja, sie ist in der Küche, eine Notärztin kümmert sich um sie. Ich denke aber, dass es wenig Sinn hat, sie befragen zu wollen. Ich habe aus ihr nichts herausbekommen«, murmelte er, während er sich gerade noch beherrschen konnte, einen knallroten Flitzer zu befummeln, den ich für einen Ferrari hielt.

»Ich schau sie mir trotzdem mal an, du kannst dich ja derweil im Chrom der Rennsportgeschichte spiegeln«, sagte ich und machte mich auf den Weg in die Küche, die ich im Erdgeschoss vermutete und nach wenigen Minuten auch dort fand.

»Das ist Frau Özal, sie hat den Toten gefunden«, erklärte mir die Notärztin, die merkwürdigerweise den Kopf der Zeugin zu streicheln versuchte, obgleich er sich unter einem Kopftuch verbarg.

»Guten Tag, Frau Özal. Mein Name ist Thi Fischer, ich bin von der Polizei und habe ein einige Fragen an Sie. Fühlen Sie sich in der Lage, mir ein paar Auskünfte zu geben?«

Frau Özal nickte und versuchte zu lächeln, so als ob es darum ginge, mich zu beruhigen. Die Ärztin nahm diese Kopfbewegung zum Anlass, ihre Streichelbewegungen augenblicklich einzustellen.

»Ich habe Herrn Pielecke heute Morgen gefunden. Er saß tot in Wagen Nummer fünf«, sagte Frau Özal, und ich fragte mich einen Moment lang, was wohl die Ursache dafür gewesen sein mochte, dass Andi sie nicht verstanden hatte. »Ich habe auch nichts angefasst«, fuhr sie fort.

»Haben Sie einen Hausschlüssel?«

»Ja, ich habe einen Schlüssel. Herr Pielecke und ich hatten absolutes Vertrauen zueinander. Er war ein guter Mensch. Ich kann mir nicht vorstellen, welche Bestien so etwas getan haben«, erläuterte sie und begann zu weinen, woraufhin die Ärztin wieder mit ihren Streicheleinheiten begann.

Ich sah ein, dass es unter diesen Umständen keinen Sinn hatte, Frau Özal länger zu quälen, und machte mich auf den Weg, Andi aus seinen Männerträumen zu reißen und ihn in den Dienstalltag zurückzuführen.

»Der Tatort war ja recht skurril. Ich bin mal gespannt, wie dieser Fall weitergehen wird. Soll ich dich per E-Mail auf dem Laufenden halten?«, fragte er, als wir aus dem Gebäude traten.

»Das wird nicht nötig sein. Ich habe meinen Urlaub abgeblasen.«

Andi schaute mich verdutzt an. »Wieso das denn?«

»Weil ich seit gestern wieder Single bin. Nun weißt du auch, warum ich heute nicht pünktlich auf der Matte stehen konnte. Ich hatte letzte Nacht etwas Liebeskummer runterzuspülen.«

»Das war ja nicht gerade eine Langzeitbeziehung.«

»In meinem Alter sind sechs Wochen schon 'ne halbe Ewigkeit«, erläuterte ich ihm und hoffte so, das leidige Thema ein für alle Mal beenden zu können.

»Aber Alex und du wirktet doch so glücklich miteinander. Verstehe das, wer will«, insistierte er unbeeindruckt weiter. »Wie lief das überhaupt so zwischen dir und Alex?«

»Andi!«

»Man wird doch noch neugierig sein dürfen, so als Mann und als Kollege.«

Ich verzichtete auf weitere Erläuterungen, denn ich verspürte nicht die geringste Lust darauf, meinem Kollegen einen Seelenstrip hinzulegen. Nicht etwa, weil ich berufliche und private Dinge prinzipiell auseinanderhalten wollte, sondern weil mich die Trennung schmerzte und mich darüber hinaus eine gehörige Sommergrippe befallen hatte, die mir das Sprechen nicht gerade leicht machte.

* * *

Zwar erwartete ich nicht, dass der Verlag Pielecke in einem Bunker oder einer Kaserne untergebracht war, und ich glaubte auch nicht, dass Blitzmädels die Rezeption betreuen würden, doch beim Betreten des Druckhauses staunte ich über dessen moderne und freundliche Architektur. Der zweistöckige und quaderförmige Neubau im ehemaligen Industriegebiet Eisenhammer hätte ebenso gut eine Werbeagentur oder irgendeine andere Wirkungsstätte für überbezahlte, junge Querdenker beherbergen können. Nicht nur bedingt durch den Umstand, dass sich nirgends auch nur ein einziges Rennfahrzeug befand, stand die Empfangshalle stilistisch in völligem Gegensatz zu den Privatgemächern des Medienmoguls. War die Wohnung von Pielecke äußerst spärlich möbliert, so fanden sich hier ein halbes Dutzend Sitzgarnituren und Tische, die dem ebenerdigen Foyer den Charakter einer Hotellobby verliehen.

Eine blutjunge Blondine mit hochgestecktem Haar und einer großen, schwarzen Hornbrille nahm uns in Empfang. »Kann ich Ihnen helfen?«, fragte sie mit einem freundlichen Lächeln, das wie anerzogen wirkte und keinerlei echte Wärme ausstrahlte.

Ich hatte das Gefühl, dass sich die Ermordung ihres Chefs noch nicht bis zu ihr herumgesprochen hatte; auch Andi blickte angesichts der gekünstelten Freundlichkeit etwas verdutzt drein.

»Mein Name ist Fischer, dies ist mein Kollege Herr Ganster, wir sind von der Kriminalpolizei.«

»Mordkommission«, ergänzte Andi.

Sie schaute uns verwundert an. »Wir sind ein Verlag«, sagte sie.

»Und Ihr Verleger ist tot«, gab Andi zurück.

»Wie bitte? Herr Pielecke ist tot?«

»Ja, er wurde heute Morgen ermordet in seiner Wohnung aufgefunden«, erläuterte ich.

Die Sommerbräune verschwand schlagartig aus ihrem Gesicht, und ich beobachtete, wie ihre nackten Knie, die unter einem grauen Businesskostüm hervorlugten, zu zittern begannen. »Entschuldigen Sie ... Ich glaube, ich muss mich setzen«, stammelte sie und nahm hinter der Rezeptionstheke Platz.

»Oh, Verzeihung. Mein Kollege dachte wohl, Sie wüssten schon Bescheid«, log ich, denn sie tat mir nun doch leid.

»Wie ist es passiert?«, fragte sie, während sie sich mit zitternden Fingern ein Glas Mineralwasser eingoss.

Ich schaute auf ihre fahrigen Hände und versuchte abzuschätzen, ob ihr Nervenkostüm für einen detaillierten Bericht stark genug sein würde, entschied mich aber für eine knappe Schilderung des Tathergangs: »Herr Pielecke ist erstochen worden.«

Das Mineralwasser schien ihr nicht zu bekommen, denn sie rannte augenblicklich davon.

Andi und ich nutzen ihren plötzlichen Abgang, um uns schweigend im menschenleeren Parterre umzuschauen. Mein Blick fiel dabei auf einen Stapel Kataloge. Ich griff mir einen und begann zu blättern, so wie man in den Wartezimmern von Ärzten oder an Flugsteigen blättert, weil man meint, die Zeit würde dadurch schneller vergehen. In der Gesamtschau für 2008/2009 verschaffte ich mir einen Überblick über das Verlagsprogramm. Nahezu zweihundert lieferbare Titel zeugten vom gewaltigen Marktpotenzial für die geistigen Ergüsse von Ewiggestrigen für Ewiggestrige. Das Spektrum der Bücher und Tonträger reichte von Bildbänden zur Bewaffnung der Wehrmacht über Biographien von Offizieren und U-Bootkapitänen bis zu einer CD mit dem Titel *Lieder von allen Fronten*.

Kaum hatte ich mich genug über das bizarre Schrifttum gewundert, war die junge Empfangsdame wieder auf ihrem Posten. Der vormals dunkelrote Lippenstiftaufstrich fehlte nun allerdings auf ihrem Brigitte-Bardot-ähnlichen Schmollmund.

»Wer kann uns denn da am besten weiterhelfen?«, fragte Andi sie.

»Frau Rating. Sie ist die persönliche Assistentin von Herrn Pielecke. Ich schaue gleich einmal nach, ob sie in ihrem Büro ist«, gab sie zur Antwort und griff zum Telefon.

»Bedaure, Frau Rating scheint nicht da zu sein. Ich habe sie heute auch noch nicht gesehen. Das ist sehr merkwürdig, sonst ist sie immer in ihrem Büro. Sie hat auch ihre Post noch nicht abgeholt.«

»Ist sonst noch jemand im Haus, der uns behilflich sein könnte?«, erkundigte ich mich.

»Leider nein, die anderen Mitarbeiter sind zu Tisch. Aber wenn Sie sich noch eine halbe Stunde gedulden möchten, könnten Sie mit Herrn Vogelsang, unserem Lektoratsleiter, sprechen.«

»Wir kommen später noch einmal wieder.«

»Ich gebe Ihnen die Businesskarte von Frau Rating, vielleicht können Sie ja einen Termin mit ihr persönlich ausmachen«, meinte die Blondine, die nun auf unerfindliche Art und Weise ihre professionelle Freundlichkeit wiedergefunden hatte.

Kaum wollten wir uns verabschieden, als wir Gesellschaft von einem hochgewachsenen Endvierziger erhielten, der ein braunes Aktenkuvert bei sich hatte und selbstzufrieden auf die Rezeption zusteuerte. Sein gazellenartiger Körper steckte in einem schwarzen Nadelstreifenanzug, und er wirkte so, als ob er im Verlagsgebäude ein- und ausgehe.

»Herr Vogelsang?«, mutmaßte ich.

»Nein, zu dem möchte ich selbst. Hirnstein, Doktor Thomas Hirnstein«, stellte er sich, verbunden mit einer leichten Verbeugung, vor.

Andi machte sich derweil am Katalogstapel zu schaffen.

»Ah, guten Tag Herr Ganster. Alles wieder gut?«, fragte Hirnstein.

Andi nickte stumm und vermied es dabei, zu Hirnstein oder zu mir Blickkontakt aufzubauen, doch ich spürte die Verlegenheit, die Hirnsteins plötzliches Auftauchen in ihm verursacht hatte.

»Herr Doktor Hirnstein ist einer unserer Erfolgsautoren«, meinte die Blondine.

»Ich bitte Sie. Man tut, was man kann. Ist Herr Vogelsang im Hause?«

»Bedaure, nein. Die Herrschaften warten auch auf ihn.«

»Dann seien Sie so lieb und geben ihm doch bitte diesen Umschlag. Aber schön drauf aufpassen, er enthält die Biografie von Generaloberst Jodl«, sagte er, legte das Kuvert auf die Theke und war schwuppdiwupp wieder verschwunden.

»Woher kennst du denn einen Pielecke-Autor?«, fragte ich beim Hinausgehen mit spöttischem Unterton.

»Ich kenne ihn nur als Arzt«, antwortete Andi wie beiläufig.

»Ach ja, der Proktologe aus Osterfeld, der die Darmspiegelungen macht. Hirnstein, der Name kam mir doch irgendwie bekannt vor. Ist der nicht auch schwul?«

»Mein Gott, Hämorrhoiden sind doch kein Verbrechen, oder?«, schrie er mich an und sein Gesicht färbte sich dabei puterrot.

Auf der Rückfahrt zum Präsidium sprach Andi kein einziges Wort mit mir, und ich verzichtete darauf, ihn zu fragen, ob er bequem sitze.

* * *

Den Charakter eines Menschen am Telefon einzuschätzen zählt gewiss nicht zu den einfachsten Übungen des Polizeidienstes, und hätte ich nur im Entferntesten ahnen können, welche göttliche Prüfung ich mit der Wahl des Anschlusses von Nicole Rating auf mich geladen hatte, so hätte ich mich gewiss in Geduld geübt und der Vernehmung anderer Zeugen Vorrang eingeräumt, denn am anderen Ende der Leitung meldete sich der Vater der Pielecke-Sekretärin. Er erklärte mir, seine Tochter sei nicht aufzufinden, und er mache sich große Sorgen. Vater Rating bat mich in flehendem Ton, eine Suchaktion nach seiner Tochter in die Wege zu leiten, bevor auch sie Opfer der Mörder ihres Arbeitgebers würde.

»Wann haben Sie Ihre Tochter zuletzt gesehen?«, fragte ich ihn und war dabei bemüht, einen beruhigenden Ton anzuschlagen.

»Gestern Morgen beim Frühstück.«

»Und wann haben Sie ihr Verschwinden bemerkt, Herr Rating?«

»Heute früh, als ich feststellte, dass ihr Bett unbenutzt war.«

»Sie kontrollieren das Schlafzimmer Ihrer Tochter?«, vergewisserte ich mich und staunte nicht schlecht.

»Haben Sie Kinder, Frau Fischer?«, fragte er und versuchte seiner Stimme dabei einen entrückten und pastoralen Klang zu verleihen.

»Ich habe noch nicht einmal Eltern, Herr Rating«, lautete meine Antwort, mit der er offenbar nichts anzufangen wusste, denn für einen Moment lang herrschte Stille in der Leitung. »Ist sie denn noch nie über Nacht fortgeblieben?«, setzte ich die Befragung fort.

»Nie ohne sich zumindest telefonisch bei mir abgemeldet zu haben.«

»Sie leben allein mit ihrer Tochter?«

»Ja, seit meine Frau bei Nicoles Geburt starb, lebe ich mit ihr allein. Abgesehen von der Zeit, die Nicole im Ausland verbracht hat.«

Ich verkniff mir angesichts seiner Sorgen die Frage danach, wie er ihre Zubettgehzeiten in Übersee kontrolliert haben mochte. »Was ist Ihre Tochter denn für ein Mensch?«, fragte ich weiter.

»Meine Nicole ist ein wunderbarer Mensch.«

»Gelingt Ihnen vielleicht eine etwas präzisere Beschreibung?«

»Als ich sie heute Morgen nicht in ihrem Bett fand, lief ihr Leben wie im Zeitraffer an mir vorüber. Mir kamen Erinnerungen an das prächtige, in New York City wenige Tage zu früh geborene Baby und an ihr leuchtend goldenes Haar. Dann an den Umzug nach London ein Jahr später. Schließlich an die Einschulung in Hamburg-Blankenese.«

Ich räusperte mich.

»Ihre Schuljahre am Elsa-Brändstöm-Gymnasium legte sie im Eiltempo zurück, unterbrochen nur von einem Auslandsjahr in Vancouver. Nach ihrem hervorragenden Abitur führte sie schließlich ein Hochbegabtenstipendium an die Sorbonne und die London School of Economics.«

»Und schließlich ins Oberhausener Vorzimmer von Robert Pielecke«, versuchte ich seine Ansprache abzukürzen und den Werdegang der Streberin auf den Punkt zu bringen.

Wieder verstummte die Leitung.

»Gibt es außer Ihnen noch einen Mann in Nicoles Leben?«

»Nein! Nicole lebt nur für ihre Arbeit.«

»Auch keine heimlichen Verehrer?«

»Nicole hat vielen Männern den Kopf verdreht. Ich erinnere mich noch, wie sie mir beim Golfturnier in Ford Lauderdale den Vortritt gelassen hat, obgleich viele jüngere Männer aus besten Häusern begierig darauf warteten, ihre Caddies sein zu dürfen«, schwafelte er weiter.

»Wissen Sie, was Ihre Tochter gestern vorhatte, Herr Rating?«

»Ich nehme an, dass sie im Büro war. Nicole arbeitet fast jedes Wochenende.«

»Ist sie dann allein im Verlag?«

»Das entzieht sich meiner Kenntnis, Frau Fischer.«

»Gibt es irgendwelche Freundinnen, die etwas über ihren Verbleib sagen können?«

»Nicole hat nur internationale Freundinnen. Hier in Oberhausen ist sie mit ihrer Arbeit verheiratet. Sie geht auch selten aus, meist arbeitet sie bis tief in die Nacht im Verlag.«

»Das bedeutet, Sie sehen sie selten?«

»Wir sehen uns meist nur beim Frühstück. Nicole legt sehr großen Wert auf einen gesunden Start in den Tag. Eine Frau in ihrer Position braucht eine ausgewogene Ernährung. Und nun soll sie aus meinem Leben geraubt worden sein, unwiederbringlich geraubt«, erklärte er, wobei seine Stimme immer leiser wurde, so als ob man sie mittels eines Mischpults heruntergedreht hätte.

»Ich werde eine Suchmeldung nach Ihrer Tochter veranlassen. Meine Kollegen kümmern sich darum.«

Wieder war die Leitung mucksmäuschenstill, und da ich nicht mehr wusste, was ich sagen sollte, legte ich den Hörer auf die Gabel.

* * *

Eigentlich waren mir Rummelplätze und Jahrmärkte stets zuwider, und ich hatte es über viele Jahre hinweg erfolgreich vermeiden können, der Sterkrader Fronleichnamskirmes einen Besuch abzustatten. Angesichts meiner persönlichen Befindlichkeit und der bizarren Eindrücke im Hause Pielecke wollte ich den Abend jedoch nicht allein in meiner Wohnung verbringen. Auf der Rückfahrt vom Präsidium verspürte ich das eigenartige Verlangen, mich ins Getümmel des sogenannten Kirmesheiligabend zu stürzen, jener für Sterkrader beinahe schon sakrosankten Traditionsveranstaltung, mit der alle Jahre wieder die größte Kirmes in Oberhausen offiziell eröffnet wurde. Um nicht Gefahr zu laufen, Andi und Paul ins Schlepptau nehmen zu müssen, stellte ich mein Handy aus, denn wenn ich eins zum Kirmesbier nicht gebrauchen konnte, so waren dies dienstliche Unterredungen. Ich wollte mit mir, meiner Erkältung und meinem Liebeskummer allein in der Masse untertauchen.

Gegen einundzwanzig Uhr dreißig begann ich meinen einsamen Bummel. Im schwindenden Licht des heißen Sommertages wirkten die Fahrgeschäfte mit ihrer neonhellen Beleuchtung und dröhnenden Musik auf eigentümliche Weise belebend auf mich. Zwar erkannte ich den einen oder anderen Kollegen und Kunden aus dem Präsidium, schaffte es aber immer wieder, mich im Getümmel zu verbergen, ein Kunststück, das mir bei meinem Gardemaß von einem Meter neunundvierzig nicht allzu schwer fiel.

Trotz einer ordentlichen Ladung Nasivin blieb mein Riechorgan taub für die Wohlgerüche einer Kirmes. An den Zuckerwatteständen und Mandelbuden wertete ich diesen Umstand noch als Handicap; als ich aber eine Batterie aufgestellter und stark frequentierter Dixi-Klos passierte, fühlte ich mich gegenüber den anderen Volksfestbesuchern privilegiert. Für einen kurzen Moment glaubte ich jenes Gefühl der Exklusivität zu verspüren, von dem begnadete und hochtalentierte Menschen zuweilen in Fernsehtalkshows berichten, kam aber sehr schnell zu der Erkenntnis, dass ich wohl von niemandem beneidet wurde.

Als die Sonne schließlich hinter dem Technischen Rathaus unterging, wurde es Zeit für mich, mir das erste Pilschen des Tages zu genehmigen. Eine Entscheidung, die ich augenblicklich bereute, denn kaum hielt ich das heißgeliebte Kaltgetränk in Händen, eilte mir mein altbekannter Stammkunde Dieter Brom entgegen. Obgleich ich instinktiv einsah, dass es kein Entrinnen gab, drängte ich mich vor einen bierdurstigen und berserkerähnlichen Rockertypen und versuchte, mich hinter dessen Körpermasse zu verbergen. Der Hüne schaute verwundert zu mir herab und lächelte mich an, so wie man gewöhnlich ein verirrtes Kleinkind oder einen niedlichen Hund anlächelt. Mir blieb nichts anderes übrig, als dümmlich zurückzugrinsen, dabei stieß ich peinlicherweise mit meinem Bierglas an seinen mächtigen Spitzbauch und hinterließ einen handtellergroßen Klecks aus Schaum und Gestensaft auf seiner schmuddeligen Kutte.

Dieter winkte mir freudestrahlend zu, und ich entfernte mich zögerlich aus dem Schatten des Möchtegern-Hells-Angel, den das Intermezzo keinen Augenblick lang davon abgehalten hatte, aus einem Zweiliter-Stiefel gierig König Pilsener in seinen Rachen zu schütten.

Dieter hatte offenbar schon vom Mord an Pielecke gehört und schien nur darauf zu lauern, den Verdacht auf sich zu lenken. Warum er seit mehr als einem Jahrzehnt von dem Wunsch beseelt war, in den Knast zu wandern, wusste außer ihm kein Mensch. Eigentlich hatte ich ihn erst am nächsten Vormittag zur Selbstanzeige auf dem Revier erwartet, doch nun wurde das Spiel eben um einen Tag vorverlegt und auf die halbprivate Ebene verlagert. Dies war mir zwar nicht besonders angenehm, brachte aber zumindest zwei kleine Vorteile mit sich: Der erste bestand darin, dass er mir mit seinem erfundenen Mordgeständnis keine wertvolle Bürozeit klauen würde, der zweite manifestierte sich in dem Umstand, dass wir uns beim Bier duzten, was wir im Präsidium stets vermieden, und was für mich bedeutete, dass unser Kirmesgespräch nicht zu förmlich verlaufen würde. Mir fiel gleich auf, dass er sich bereits ganz und gar in seine Rolle als Pieleckemörder hineingesteigert hatte, denn seine antifaschistische Kostümierung war stilsicher gewählt. Neben einer schwarzen Motorradlederjacke und einem grauschwarzen Palästinensertuch trug er eine rote Jeans und weiße Turnschuhe. Und obgleich sein Outfit schon seit Ewigkeiten aus der Mode gekommen war und zu Zeiten der Hamburger Hafenstraße mit Sicherheit tres chic gewesen wäre, schien keiner der Kirmesbesucher dies mit einem verwunderten Blick zu würdigen oder gar die dahinterstehende Absicht zu erkennen.

Einen Augenblick lang stellte ich mir die Frage, ob Dieter wohl für jedes erdenkliche Mordopfer eine passende Täterkleidung in seinem Kostümfundus bereit hielt.

»Na, wie sieht es aus, Thi? Seid Ihr in der Mordsache Pielecke schon einen Schritt vorangekommen?«

Ich machte gute Mine zu bösem Spiel und bestellte ein Altbier, weil ich wusste, dass Dieter kein Pils trank. »Nun mal halblang. Der Nazi ist ja noch nicht einmal richtig ausgekühlt«, antwortete ich, während ich ihm das Bier in die Hand drückte.

Seine Augen leuchteten, und ein spitzbübisches Lächeln sollte mir anscheinend geheimes Täterwissens signalisieren. »Wenn einer ein Messer zwischen die Rippen verdient hat, dann war es Pielecke. Ich habe diesen Tag lange herbeigesehnt«, sagte er und versuchte dabei vergeblich, sein Mienenspiel von grinsend auf verbittert umzustellen.

»Was hat der alte Sack dir denn Böses angetan, dass sein Tod dich so erfreut?«, wollte ich wissen und stieß dabei mit ihm an.

»Pielecke war ein Schwein, ein Hetzer und ein übler Nazi – Prost.«

»Und ein Schwuler«, ergänzte ich.

Er schaute mich missmutig an und trank einen Schluck. »Ja, 'ne gemeine Tucke war er auch. Aber glaub bloß nicht, dass dies der Grund für seinen Tod war«, entgegnete er und machte mit seiner linken Hand eine abwehrende Geste.

Der Rocker musterte Dieter abfällig vom Scheitel bis zur Sohle. Erst jetzt schien ihm aufgefallen zu sein, welch merkwürdige Figur sich in seinem Schatten herumdrückte. »Hast du was gegen Schwule, du Stutzer?«, raunzte er ihn an.

Dieter tat, als hätte er nicht gehört.

»Ich habe dich was gefragt, du Penner«, fuhr der Wikingerverschnitt fort und wechselte dabei seinen Bierstiefel von der rechten in die linke Hand, was für mich nur bedeuten konnte, dass er sich mit der Rechten an Dieter zu schaffen machen wollte.

Mit meiner Linken lüftete ich kurz mein Sweatshirt; die im Gürtelholster getragene Walther P 99 kam dabei zum Vorschein, und der Berserker machte sich sogleich wortlos von dannen.

»Seine Beseitigung war längst überfällig«, setzte Dieter die Unterhaltung unbeeindruckt fort.

»War es schwierig, an ihn heranzukommen?«, fragte ich mit einem verschwörerischen Unterton, den ich bei unseren privaten Zusammentreffen häufig anschlug, weil ich wusste, dass es ihm gut tat, wenn ich ihn zumindest bei diesen Gelegenheiten als Killer oder Serienmörder ernst nahm.

»Alles eine Frage der professionellen Vorbereitung«, antwortete er und trank ein winzig kleines Schlückchen.

»Hast du allein gearbeitet?«

»Einen solchen Vertrag kann man nur allein erfüllen.«

Unsere Plauderei wurde jäh durch den markerschütternden Aufschrei einer Männerstimme unterbrochen. Blitzartig rannte eine Menschenmenge in Richtung eines Autoskooters, vor dem sich eine Gruppe Skinheads mit einigen jungen Türken eine heftige Prügelei lieferte, die aber genauso schnell vorbei war, wie sie begonnen hatte. Ich erkannte sofort, dass die Kahlköpfe als Sieger aus dem Gefecht hervorgegangen waren, was sich überdeutlich in der Tatsache widerspiegelte, dass ein Türke am Boden lag und sich vor Schmerzen hin und her wand.

Als die Neonazis an unserem Bierstand vorbeirannten, versuchte ich mir einen von ihnen zu schnappen, wobei ich aber in einer Bierpfütze ausrutschte und zu Boden fiel. Im Aufrappeln griff ich nach meiner Wumme, verzichtete aber wegen der Gefahr von Querschlägern darauf, den Glatzen ein paar Gramm Blei hinterherzuschicken.

»Scheiße«, entfuhr es mir.

»Hast du einen von denen erkannt?«, fragte Dieter.

»Glatze und dumme Fresse. Davon gibt es im Ruhrpott ja nur ein paar Tausend. Ich kann nicht mal sagen, ob es zwei oder drei waren. Verdammter Dreck.«

»Stimmt, für mich sehen die auch alle gleich aus. Du hättest sie abknallen sollen«, meinte Dieter und grinste mich dabei merkwürdig an.

Gemeinsam sahen wir nach dem Verletzten, der sich noch immer auf den Steinplatten krümmte. Seine Hände hielt er in Bauchhöhe an eine stark blutende und offenbar sehr schmerzhafte Wunde. Sein blasses Gesicht war von Schweißperlen bedeckt. In Windeseile griff Dieter nach seinem Handy und rief einen Rettungswagen. Mir blieb nicht die nötige Zeit, mich über seine Geistesgegenwart zu wundern, denn außer mir guckten alle anderen Zeugen nur blöd und sensationslüstern auf den Verletzten. Die anderen Türken hatten sich unterdessen ein Beispiel an ihren Gegnern genommen und sich aus dem Staub gemacht. Ich beugte mich zum Verletzten hinunter und sah mir seine Verwundung, soweit es ging, etwas genauer an.

»Hilfe ist unterwegs«, versuchte ich ihn zu beruhigen.

»Lass mich in Ruhe, du Thai-Schlampe«, keuchte das Naziopfer und signalisierte mir so, dass er als moderner Jungtürke nicht frei von rassistisch geprägten Vorurteilen war.

Am hellroten, spritzenden Blut erkannte ich, dass die Hauptschlagader getroffen war und somit akute Lebensgefahr bestand. Wieder überraschte mich Dieter mit seiner zupackenden Art. Er fasste beide Arme und streckte so den Körper, was der am Boden Liegende mit einem schrillen Aufschrei quittierte.

»Los jetzt, Faust rein«, sagte er mit bemerkenswert ruhiger Stimme.

Ich erinnerte mich an das im Erste-Hilfe-Kurs Gelernte. In der Hoffung, dass der Junge nicht vom HIV-Virus befallen war, presste ich beide zu Fäusten geballte Hände oberhalb des Einstiches in den Bauch und komprimierte die Arterie aus Leibeskräften gegen die Wirbelsäule. Augenblicklich versagte das Schnupfenspray und meine Nase begann höllisch zu jucken und zu laufen. Ich schaute in das entgeisterte und von Todesangst gezeichnete Gesicht des unter mir befindlichen jungen Mannes, der wohl davon ausging, in die Hände sadistischer Wahnsinniger gefallen zu sein. »Bloß nicht loslassen«, sagte ich mir und wusste nicht zu bestimmen, ob der Niesreiz oder der zunehmende Schmerz in meinen Oberarmen mich mehr quälte. Aus der Ferne hörte ich das erlösende Martinshorn des Rettungswagens. Die pulsierende Wunde hatte meine Kleidung mittlerweile soweit durchnässt, dass Außenstehende mich selbst für das Messerstecheropfer hätten halten können.

»Okay, Sie können jetzt loslassen. Wir übernehmen«, hörte ich nach endlos langen Minuten die Stimme eines Rettungssanitäters in meinem Rücken.

Der Leib unter mir war durch den großen Blutverlust vollständig erschlafft, und ich hätte nicht mit Sicherheit sagen können, ob ich einen Lebenden oder einen Toten auf das Sterkrader Trottoir gedrückt hatte.

Als ich mich endlich erhob, fand ich mich im Blitzlichtgewitter der Lokalpresse wieder. Dieter legte mir seinen Arm über die Schulter und blickte publicitygeil in die Objektive der Reporter.

»Nun sind wir Helden, Thi. Wird ganz schön peinlich für dich, wenn du mich wegen der Pieleckesache hoppnehmen musst«, flüsterte er mir süffisant zu.

Ich war bedient und schwor mir, nie wieder einen Fuß auf die Fronleichnamskirmes zu setzen. Ich wollte nur noch nach Hause, ein Bad nehmen und meine Erkältung im Bett auskurieren. Neben dem Pech, dass mich meine polizeilichen Pflichten bis in die Freizeit verfolgten, ärgerte mich besonders die Tatsache, dass auch Dieter Brom Zeuge des Vorfalls geworden war, was für mich bedeutete, dass ich mich auf seinen Besuch am nächsten Morgen einstellen konnte.

2. Kapitel

Auf der Kirmes

Donnerstag, 11. Juni

Kirmes beginnt mit Messerstecherei. Kommissarin rettet jungem Mann das Leben, titelte die WAZ am nächsten Morgen, und sowohl auf ihrer Titelseite als auch in der Ausgabe der NRZ konnte ich mein blutverschmiertes Gesicht neben dem strahlenden Siegerlächeln Dieter Broms bewundern. Statt mich aber in meinem neu erworbenen Ruhm zu sonnen, machte ich mich auf den Weg ins Sankt Josef-Hospital, wo man den Jungen in einer nächtlichen Notoperation von des Totengräbers Schippe geholt hatte. Es war nicht etwa die Neugierde darauf, zu erfahren, wer mich als Thai-Schlampe beschimpft hatte und wem ich aus Dankbarkeit dafür das Leben gerettet hatte, sondern vielmehr die Tatsache, dass der Knabe mit Familienname Özal hieß, genauso wie die Haushälterin des erstochenen Pielecke. Bevor ein triumphierender Dieter Brom mir mit seinem Besuch einen Strich durch die Tagesplanung hätte machen können, war ich gegen neun Uhr in Richtung Mülheimer Straße verschwunden. Andi und die anderen Kollegen ließ ich im Unklaren über meinen Verbleib.

Am Eingang der Chirurgie war ein Schild angebracht, das den Chefarzt der Station als einen Doktor Faust auswies. Trotz eines gehörigen Muskelkaters in beiden Armen und der unappetitlichen Erinnerung an mein vorabendliches, faustisches Erlebnis musste ich schmunzeln. Eine matronenhafte Oberschwester, die mich an Klementine aus der Ariel-Werbung erinnerte, ließ mich in schnippischem Ton wissen, dass Herr Özal sich nach einem schweren Eingriff auf der Intensivstation befinde und keinerlei Besuch empfangen dürfe. Als ich in meine Hosentasche griff, um die Hundemarke hervorzuholen, hatte sie mich bereits mutterseelenallein auf dem Gang stehen lassen. Da die Tür zum Schwesternzimmer weit offen stand, konnte ich erkennen, dass es unbesetzt war, dafür aber mehrere weiße und grüne Kittel in ihm herumlagen. Zu meiner Überraschung dauerte es nur zwei Anproben, bis ich eine gut sitzende hellgrüne – ein wenig nach Davidoff Cool Water duftende – Verkleidung für meinen Besuch auf der Intensivstation gefunden hatte, bei deren Besitzerin es sich wohl, so legte es der aufgestickte Name auf der Brusttasche zumindest nahe, um eine philippinische Kindfrau handeln musste. Ich fürchtete, wie ein siebenstöckiges Freudenhaus zu riechen, denn wenn der Parfümduft schon meine verschnupfte Nase erreichte, musste er auf erkältungsfreie Zeitgenossen eine geradezu penetrante Wirkung ausüben. Sollte sich bei meiner Flucht genügend Zeit erübrigen, so würde die Dame ihr Eigentum auch zurückerhalten, dies nahm ich mir im Augenblick der Ausleihe jedenfalls fest vor. Ich schlug den Kittelkragen hoch, verbarg mein Haar unter ihm und wandelte sicheren Schrittes durchs Treppenhaus in Richtung der sogenannten Schleuse, die meinen niedergestochenen Orientalen vor den Keimen und Bakterien der Außenwelt beschützen sollte. Ich redete mir ein, dass meine Erkältung mittlerweile soweit abgeklungen sei, dass sie kein Patientenleben mehr gefährdete würde.

Auf halbem Wege begegneten mir zwei junge Schwestern, von denen eine den zusammengefalteten Lokalteil der NRZ mit meinem Foto in der rechten Hand hielt. Sie stoppte kurz und schaute mich verdutzt an, ging dann aber rasch mit ihrer Kollegin weiter. »Irgendwie sehen die alle gleich aus«, murmelte sie, während sie noch einen kurzen Blick auf die Zeitung warf.

Meine Einlasssorgen verflüchtigten sich bereits vor der Schwelle zur Station, aus der eine gramgebeugte und völlig verweinte Frau Özal heraustrat. Offensichtlich hatte der Kummer um ihren Verwandten sie völlig isoliert, denn sie reagierte erst, als ich sie sanft an die linke Schulter fasste.

»Wie geht es ihm?«, fragte ich sie.

Trotz meines geliehenen Kostüms erkannte Frau Özal mich gleich wieder.

»Oh, Frau Fischer, Allah sei gepriesen, er wird es Dank seiner und Ihrer Hilfe überstehen und kann schon morgen auf ein normales Zimmer verlegt werden.«

»Na ja, ich habe ja nicht viel dazu getan«, untertrieb ich meinen Anteil an der Rettung des Jungen, obwohl mein Muskelkater mich eines Besseren belehrte. »Ist er Ihr Sohn?«

»Nein, Bekir ist mein Neffe. Ich liebe ihn aber wie meinen eigenen Sohn.«

Gemeinsam machten wir uns über die Treppen auf den Weg, das Krankenhausgebäude zu verlassen. Ich stellte dabei fest, dass ich wohl keine Gelegenheit mehr finden würde, den geliehenen Schwesterndress zurück auf die chirurgische Station zu bringen.

»Ich kann mir nicht erklären, wie Bekir in diese Gesellschaft geraten konnte. Er war immer ein braver und ehrlicher Junge, Frau Fischer. Das müssen Sie mir einfach glauben«, erklärte sie weiter, und in ihren Augen spiegelten sich dabei Wut, Trauer und wohl auch so etwas wie Scham und Verzweiflung.

»Darf ich Sie noch auf eine Tasse Kaffee einladen, Frau Özal?«, fragte ich, als wir den Ausgang erreicht hatten.

Sie zuckte ratlos mit den Schultern, und ehe sie lange über mein Angebot nachdenken konnte, führte ich sie in die Cafeteria des Krankenhauses, wo ich einen Ecktisch auswählte, an dem wir uns in Ruhe unterhalten konnten.

Als ich mich an die Selbstbedienungstheke begab, um zwei Tassen Kaffee zu holen, fiel mir eine kleine stark parfümierte Asiatin auf, die unmittelbar neben mir stand. Sie war mit einem weißen T-Shirt und einer hellgrünen Hose bekleidet und blickte ungeduldig auf ihre Armbanduhr. Augenblicklich kam mir der Verdacht, dass ich zum anstehenden Schichtwechsel die Trägerin ihrer Arbeitskleidung sein könnte. Einem schützenden Instinkt folgend verschränkte ich beide Arme in Höhe des aufgebrachten Namens auf meinem Kittel und beugte meinen Oberkörper nach vorn.

»Haben Sie Herzschmerzen oder Atemnot?«, wollte meine Nachbarin wissen.

»Danke, mir geht es bestens«, erwiderte ich mit einem Lächeln, das, so spürte ich, sie wohl nicht überzeugen konnte.

»Sind Sie sicher?«, vergewisserte sie sich.

»Ganz sicher, nur etwas angespannt. Sie wissen doch, der Stress in der Klinik«, antwortete ich.

Sie gab sich mit dieser Antwort zufrieden und verschwand, in ihren Händen ein Salamibrötchen und eine Flasche Kakao haltend, aus der Kantine.

»Können Sie sich vorstellen, wer einen solchen Hass auf Ihren Neffen haben könnte, dass er mit einem Messer auf ihn losgeht, Frau Özal?«, fragte ich, als ich zu ihr an den Tisch zurückkehrte.

»Sie waren doch gestern Abend Zeugin des Angriffs auf Bekir. Haben Sie die Männer denn nicht gesehen? Man hat mir gesagt, dass es Neonazis waren, die auf Bekir eingestochen haben. Solchen Menschen ist die Person doch völlig egal. Die sehen einen Ausländer, und schon ist ihre dumme und brutale Wut da.«

»Sie halten den Anschlag auf Bekir demnach für einen schrecklichen und unglücklichen Zufall?«

»Ja.«

»Bekir war gestern Abend nicht allein auf der Kirmes. Wissen Sie, mit wem er dort gewesen ist, kennen Sie seine Freunde?«

»Seine Freunde kenne ich nicht, Frau Fischer. Aber Sie haben ihm gestern das Leben gerettet. Ich möchte auch Ihnen helfen. Das hat die Krankenschwester mir eben gegeben, es steckte in Bekirs Lederjacke«, sagte sie und zog ein Handy aus ihrer Manteltasche. »Sie können als Kommissarin bestimmt herausbekommen, mit wem er telefoniert und sich verabredet hat«, fuhr sie fort.

»Ich danke Ihnen für Ihr Vertrauen, Frau Özal. Ich möchte Sie aber auch bitten, meinen Kollegen und mir weiterhin im Falle der Ermordung von Herrn Pielecke zur Verfügung zu stehen.«

Frau Özal sah mich entgeistert an.

»Glauben Sie etwa, dass der Mord an Herrn Pielecke und der Angriff auf Bekir in einem Zusammenhang stehen?«, fragte sie.

»Ihr Chef war Nazi, und Ihr Neffe wurde von Nazis angegriffen. Hinzu kommt die Tatsache, dass beide Verbrechen mit Messern begangen wurden«, erklärte ich ihr und verzichtete dabei darauf, zu bemerken, dass ich nicht einmal wusste, ob die Skinheads Bekir und seine Freunde angegriffen hatten oder ob es umgekehrt verlaufen war.

Sie schaute betroffen und nachsinnend in den Raum.

»Ich werde Sie nach Hause fahren, Frau Özal.«

»Sie werden es nicht glauben, Frau Fischer, aber auch türkische Frauen haben heutzutage einen Führerschein«, entgegnete sie und erhob sich, um zu gehen.

* * *

Mit Bekir Özals Handy als Beute erreichte ich zwanzig Minuten später das Polizeipräsidium, den Schwesternkittel rollte ich zusammen und verstaute ihn auf der Rückbank meines Golf.

»Das Mobiltelefon muss sofort in die Kriminaltechnik. Es gehört Bekir Özal, und ich bin gespannt wie ein Flitzebogen, mit wem der Junge gesprochen hat«, rief ich Andi zu.

»Hat er es dir gegeben?«

Ich schilderte Andi kurz den Hergang.

Er quittierte meine Geschichte mit einem skeptischen Gesichtsausdruck. »Also gehört es dir nicht. Ohne richterlichen Beschluss können wir das Teil nicht untersuchen.«

»Seit wann bist du unter die Korinthenkacker gegangen?«, wollte ich wissen.

»Wenn wir das Telefon in die KTU geben, ist dies ein Verstoß gegen das Fernmeldegeheimnis, unabhängig davon würden die gewonnenen Erkenntnisse vor Gericht niemals zugelassen. Dem Staatsanwalt machen wir damit bestimmt keine Freude«, versuchte er meine Euphorie zu bremsen.

»Ich muss wissen, mit wem Bekir auf der Kirmes war.«

»An deiner Stelle würde ich die Finger von dem Handy lassen, denn wenn du jetzt ...«

Andis Worte rauschten an mir vorbei. Zwar wusste ich, dass er recht hatte, doch wollte ich keine wertvolle Zeit verlieren und schaute mir die Anrufliste an. Drei Mobilfunknummern standen auf dem Display. Ich drückte die Wahlwiederholung. Andi verließ kopfschüttelnd das Büro. Schon beim zweiten Klingeln wurde abgenommen.

»Bekir?«, erklang es aufgeregt am anderen Ende.

»Nee, Fischer«, antwortete ich.

Der Teilnehmer legte auf.

Ich goss mir eine Tasse Kaffee ein und entschied mich, dieselbe Nummer noch einmal von meinem Dienstapparat aus anzurufen.

Wieder wurde nach dem zweiten Freizeichen abgehoben.

»Hirnstein.«

Ich war platt und verschluckte mich beinahe am Kaffee. »Hier noch einmal Fischer. Herr Doktor Hirnstein, wir sind gerade unterbrochen worden.«

»Woher haben Sie meine private Handynummer?«, wollte er wissen und versuchte dabei sachlich zu klingen.

»Das wissen Sie doch, Herr Doktor. Sie war auf dem Handy Ihres Duzfreundes Bekir Özal gespeichert«, gab ich frech zurück und hatte dabei noch etwas Mühe, meine Überraschung zu verschleiern.

»Herr Özal ist mein Patient, nicht mein Freund, Frau Fischer.«

»Erzählen Sie mir doch keinen Mist, Doktor Hirnstein. Warum sollte ein Patient, und dazu noch ein Kassenpatient, die Handynummer seines Proktologen haben?«

»Weil Herr Özal eben ein junger Mensch mit Dickdarmproblemen ist. Es gehört für mich bei meiner Arbeit dazu, jungen Menschen nicht nur ein guter Arzt, sondern auch ein vertrauensvoller Partner zu sein. Da kann es durchaus schon einmal vorkommen, dass mich meine Patienten auch privat anrufen dürfen. Besonders dann, wenn es um Erkrankungen geht, deren Behandlungsmethoden die Scham junger Menschen verletzen.«

»Ist Ihr Schrifttum nicht schon Schamverletzung genug?«, versuchte ich ihn zu reizen und aus der Reserve zu locken.

»Frau Fischer, wissen Sie, was ärztliche Schweigepflicht ist?«

»Haben Sie mir nicht gerade freimütig von der Dickdarmerkrankung Ihres Patienten Özal berichtet? Auch wenn die Analogie etwas bemüht wirken könnte, Herr Doktor. Aber lassen Sie mal endlich die Hosen herunter, ich glaube Ihnen nämlich kein Wort. Herr Özal hat Sie gestern angerufen. Und zwar von der Fronleichnamskirmes aus. Glauben Sie im

Ernst, ich nehme Ihnen ab, dass er von dort aus mit Ihnen über seine Darmprobleme geplaudert hat, es sei denn, sein Afterjucken war amouröser Natur«, fuhr ich ihn an.

»Das verbitte ich mir, Frau Fischer!«

»Was wollte Özal von Ihnen? Raus mit der Sprache!«

Hirnstein machte seine Stimme frei, ohne dass sein Räuspern aber verlegen klang. »Bekir geht mir schon seit geraumer Zeit mit einer Verschwörungstheorie auf die Nerven.«

»Das bedeutet, dass er gar nicht Ihr Patient ist?«

»Doch, er ist bei mir in Behandlung. Er weiß aber auch, dass ich Autor im Verlag Pielecke bin. Er ist von der Idee besessen, dass Pielecke der Kopf einer weltweiten Verschwörung war, was natürlich schierer Blödsinn ist.«

»Solche Informationen haben sie mir und meinem Kollegen in unserem letzten Gespräch verschwiegen, Herr Doktor. Wie soll diese Verschwörung denn ausgesehen haben?«

»Ich habe Ihnen keine Informationen unterschlagen, Frau Fischer. Es ist so, wie ich es gesagt habe: Die Ideen von Bekir Özal sind an den Haaren herbeigezogen. Er hat sich irgendetwas in den Kopf gesetzt. Wenn Sie mich fragen, hat es wohl damit zu tun, dass seine Tante bei Pielecke den Haushalt gemacht hat, das hat ihm nicht gefallen. Auf eine merkwürdige Art hat er sich da was zusammengesponnen. Er redete davon, dass seine Tante gar nicht wisse, bei welch üblem Verschwörer sie die Teller spüle. Er sprach davon, dass Pielecke ein Mafioso sei. Sie können doch nicht von mir erwarten, dass ich solchen Unfug an die Polizei weitergebe.«

»Warum waren Sie eben so aufgeregt, als ich unter Bekirs Nummer bei Ihnen anrief?«, wollte ich weiter wissen.

»Ich lese Zeitung, Frau Fischer.«

»Und da glaubten Sie, er hätte Sie von der Intensivstation aus angerufen?«

»War etwa Bekir das Opfer der Messerstecherei?«, fragte er in einem scheinheiligen Ton, der nicht einmal fürs Casting bei Richterin Salesch gereicht hätte.

»Sie dachten doch offensichtlich, dass es Ihr Freund war.«

Einen Augenblick lang herrschte Schweigen in der Leitung. »Frau, Fischer, ich gebe zu, dass ich eine homoerotische Beziehung zu Bekir Özal unterhalte. Ich bitte Sie, diese Information vertraulich zu behandeln, und ich bitte Sie weiter, mich über seinen Zustand auf dem Laufenden zu halten«, sagte er, und ich hatte auch bei dieser Äußerung den Eindruck, dass sie nicht ganz der Wahrheit entsprach.

»Selbstverständlich, Herr Hirnstein«, antwortete ich und unterschlug dabei bewusst seinen Doktortitel, um eine Atmosphäre der Vertrautheit herzustellen und ihm die Illusion zu geben, dass er mir in seinem vorgegaukelten Schmerz leid tue.

»Danke und auf Wiederhören.« Hirnstein hatte aufgelegt.

Ich wusste nicht recht, ob ich mit dem Resultat des Telefonates zufrieden sein sollte oder nicht. Auf der einen Seite war die Information, dass Hirnstein und Özal sich kannten, für mich nicht ohne Interesse, auf der anderen Seite fragte ich mich, ob er mir mit der Homobeziehung einen Bären aufbinden wollte oder ob eine Verschleierungstaktik hinter seinen Erzählungen steckte. Ich hatte jedoch nicht lange Zeit, die soeben gehörte Geschichte Revue passieren zu lassen, denn unvermittelt war Andi wieder in unserem Dienstzimmer aufgetaucht und hatte offensichtlich den Rest meines Telefongespräches mitgehört.

»Warum hattest du diesen schwulen Arzt in der Leitung?«, fragte er.

»Er war einer der Leute, mit denen Bekir Özal gestern fernmündlich geplaudert hat.«

Andi schaute mich verdutzt an. »Willst du mich verarschen? Ein homophiler Naziautor telefoniert mit einem späteren Skinheadopfer. Was hatten die denn zu besprechen?«

»Das, mein lieber korrekter Kollege erzähle ich dir später, wenn du die beiden anderen Rufnummern auf dem Handy überprüft hast«, gab ich mit einem Grinsen zurück und verabschiedete mich in die Mittagspause.

* * *

Mir blieb wenig Zeit, mein Mittagessen zu genießen. Kaum hielt ich den heißersehnten *Big Mac* zwischen den Fingern, klingelte mein Handy. Andi war dran und berichtete mit aufgeregter Stimme, dass es auf der Kirmes zu einem schweren Zwischenfall gekommen sei, und wir uns unverzüglich auf den Weg nach Sterkrade machen müssten, denn dort habe es offenbar Tote gegeben.

Nachdem ich meine Finger, mein rechtes Ohr und das Mobiltelefon von Burgersoße gereinigt hatte, lief ich die kurze Strecke vom Fast-Food-Bereich des Hauptbahnhofs zurück zum Präsidium. Rennen wollte ich auf keinen Fall, denn ich befürchtete, dass mir ein zügiger Schritt auf die ohnehin schon gereizten Atmungsorgane geschlagen wäre, und im Übrigen war ich der Auffassung, dass Hast die Toten nicht mehr würde lebendig machen können. Vor dem Haupteingang stand Andis Auto mit laufendem Motor und aufgesetztem Blaulicht.

»Was ist denn los?«, fragte ich, während ich mich auf dem Beifahrersitz angurtete.

»Die Gondel eines Karussells hat sich selbstständig gemacht und ist abgestürzt. Angeblich haben einige der Fahrgäste das nicht überlebt«, antwortete er.

Ich hatte zwar keine Ahnung, warum wir unbedingt als eines der ersten Teams an der Unfallstelle sein mussten, wollte aber auch keine Spielverderberin sein.

»Na, dann mal los. Die Kirmes wird in diesem Jahr wohl zur Stätte meines Schicksals.«

Die fünfzehnminütige Tour nach Sterkrade brachten wir schweigend hinter uns, was ich angesichts des rasanten Fahrstils in Kombination mit dem frisch eingenommenen *Happy Meal* sehr begrüßte.

Als wir auf der Kirmes eintrafen, war mir kotzübel. Nur mit Mühe konnten wir uns eine Gasse durch die unüberschaubare Menge von Gaffern und Schaulustigen bahnen, die nicht nur Andi und mir, sondern auch den Helfern von Feuerwehr und Technischem Hilfswerk im Weg standen.

»Das ist ja wie im Krieg hier. Man sollte Wasserwerfer einsetzen«, hörte ich einen entnervten Feuerwehrmann fluchen.

Nach etwa fünf Minuten verdeutlichte mir die massige Silhouette Paul Pfannkuches, dass wir es endlich geschafft hatten, uns durch die Menschenmasse zu wühlen. Paul und seine Jungs hatten sich bereits in ihre Arbeit gestürzt. Der permanent transpirierende Chef der Spurensicherung war trotz seiner Fettleibigkeit ein wahres Wiesel und leitete die Arbeiten an der Unglücksstelle zielsicher und behände. Zu meiner Erleichterung hatte er es nicht vergessen, die Unfallstelle recht großzügig abzusperren und von einigen kräftigen Schupos bewachen zu lassen. Nachdem ich das Flatterband unterklettert hatte, atmete ich tief durch. Obgleich sich nun auch mein Magen zu beruhigen begann, befürchtete ich sofort das nächste kreislauftechnische Tief, denn der Anblick, der sich mir am Fahrgeschäft mit dem bezeichnenden Namen Teufelsschleuder bot, war alles andere als appetitlich. Neben der abgerissenen, völlig verformten und blutverschmierten

Fahrgastgondel, die Platz für drei Personen bot, lagen drei Leichen auf dem Pflaster des Festplatzes, die man mit blauen Plastikplanen notdürftig abgedeckt hatte.

»Wisst Ihr schon, wer die Toten sind?«, wollte ich von Paul wissen.

»Drei Obdachlose vom Rolandshof.«

»Was ist das denn?«

»Ein arbeitstherapeutischer Bauernhof, da wohnt nicht gerade die Hautevolee.«

»Und wie kam es zu dem Unfall?«

»Die Gondel ist einfach herabgefallen, so wie ein Apfel von einem Baum fällt. Wir können von Glück sprechen, dass das Ding nicht in voller Fahrt abgerissen ist, dann wäre es nämlich etliche Meter weit geflogen und wer weiß wo gelandet«, erklärte er weiter.

»Zugegeben, ich verstehe nicht gerade viel von Technik oder Physik. Aber müsste die Gondel bei einem Materialfehler nicht auf dem Weg nach oben abreißen?«, fragte Andi.

»Keine Ahnung. Fest steht auf jeden Fall, dass sie anstandslos in die Höhe fuhr und erst dann herunterkippte. Die Betreiber der Anlage stehen unter Schock, und mit den besoffenen Zeugen konnten die Kollegen von der Schupo nicht viel anfangen. Ihr müsst erst einmal zusehen, dass ihr uns die Schaulustigen und die Leute von der Presse vom Hals haltet. Alles andere erkläre ich euch dann später.«

Angesichts meiner psychischen und körperlichen Verfassung hielt ich Pauls Wunsch für unerfüllbar. Ich schaute in die Fratzen der Gaffer und fragte mich, was den Mob wohl am Schicksal der drei tödlich Verunfallten faszinierte. Mein Unwohlsein wich augenblicklich einem Gefühl der Wut.

Im Chor mit den Schupos wiederholte Andi gebetsmühlenartig Sätze wie »Gehen Sie weiter, hier gibt es nichts zu sehen« und ähnlich wirkungslose Floskeln, von denen ich nicht wusste, ob die Fernsehserien sie von uns übernommen hatten oder umgekehrt.

Unter den Medienvertretern erkannte ich die NRZ-Lokalredakteurin Nadine Büchse, die als Einzige den Anstand besaß, keine Fotos zu schießen, und die auch darauf verzichtete, unter den Schaulustigen Interviewpartner zu suchen. Als sie mich erkannte, winkte sie mich zu sich.

»Ich habe den ganzen Unfall beobachtet, Frau Fischer.«

Ich geleitete sie durch die Absperrung. Gemeinsam nahmen wir im Schatten der verunglückten Teufelsschleuder auf einer Aluminiumtreppe Platz. Ich kannte Nadine Büchse schon einige Jahre und wusste, dass sie eine der wenigen Journalistinnen war, die einem nicht das Wort im Mund umdrehten. Ihr konnte ich vertrauen. Die Tatsache, sie als Unfallzeugin zu haben, wertete ich als Segen.

»Die drei alten Herrn waren die einzigen Fahrgäste. Kaum, dass sich das Karussell in Bewegung gesetzt hat, ist die Gondel auch schon abgestürzt. Der ganze Vorfall hat nicht einmal eine Minute gedauert. Das Karussell fuhr an, und dann hat es auch schon fürchterlich gekracht«, unterrichtete sie mich.

»Und außer Ihnen hat niemand den Unfall beobachtet?«

»Heute Mittag war hier noch nicht viel los. Ich bin nur gekommen, um ein paar Tagesaufnahmen zu schießen.«

»Haben Sie Fotos vom Unglück?«

»Nein.«

Unsere Unterhaltung wurde durch das Eintreffen einiger Mitarbeiter des Beerdigungsinstituts Fischerkeller unterbrochen, was mich aber nicht sonderlich störte, denn im Grunde hatte Frau Büchse mir ja bereits alles berichtet.

»So, wir brauchen hier nun ein bisschen Platz, meine Damen«, meinte einer der Totenvögel beinahe fröhlich.

Wir versuchten, den Unterton zu ignorieren, und erhoben uns von unseren Plätzen.

Als die Bestatter die Plastikfolien entfernten und sich daran machten, die Leichen in Zinksärge zu betten, wurde die Reporterin aschfahl.

»Ich danke Ihnen, Frau Büchse.«

»Gern geschehen, Frau Fischer«, murmelte sie und taumelte in Richtung der Menschenmasse davon.

* * *

Der schreckliche und unappetitliche Anblick der Kirmesleichen schrie geradezu danach, mit Hochprozentigem heruntergespült zu werden. Als Andi und ich gegen neunzehn Uhr am Tresen des Hauses Ostermann Platz nahmen, waren wir die ersten Gäste.

Die Opakneipe in Alt-Oberhausen wurde seit Menschengedenken von Christa Ostermann betrieben. Bei Ostermann hatte ich als Schülerin in den Achtziger Jahren mein erstes Bier genippt, und seitdem hatte sich das Interieur der Traditionsgaststätte nicht verändert. Christa hatte den riesigen Schankraum in grauer Vorzeit von ihren Eltern übernommen, die ihn wiederum von ihren Eltern geerbt hatten. Auf eigentümliche Weise wirkte das Lokal zeitlos, denn neben der achtzehn Meter langen Theke, die den immer selben Menschen als Versammlungsort diente, war es mit Sofas und Sesseln eingerichtet, die eine gewisse Heimeligkeit vermittelten. Nicht einmal die Wirtin war mit ihrem Laden gealtert, denn sie sah seit eh und je aus wie die blondierte Squaw eines Comanchenhäuptlings und war, wie die meisten ihrer Stammgäste, dem Feuerwasser nicht abgeneigt.

»Wenn ich gewusst hätte, dass Gott und die Welt heute nach Sterkrade auf die Kirmes strömen, hätte ich den Laden zugelassen«, meckerte Christa.

»Gott hat sich seinen Anteil heute schon geholt«, sagte Andi und bedeutete Christa mit einem Fingerzeig aufs Flaschenregal, dass unsere Kehlen nach Whiskey dürsteten.

»Ich habe es schon im Radio gehört«, erklärte die Wirtin, während sie drei Gläser füllte. »Schlimme Sache. Die Schnäpse gehen auf mich«, fuhr sie fort, als sie uns die Drinks reichte und mit uns anstieß.

»Ja, das kannst du wohl laut sagen. Sei froh, dass du dir die Leichen nicht ansehen musstest. Ich schätze, deine Stammkunden werden sich zur Nachbereitung ihrer Erlebnisse wohl bald einfinden«, erwiderte ich.

»Hoffentlich«, sagte Christa und füllte die Gläser auf.

»Die Pulle kannst du gleich hier lassen. Heute brauchen wir 'ne Dröhnung«, erklärte Andi weiter und schaute mich dabei nach Zustimmung heischend an.

Ich nickte ihm zu. Christa setzte die fast volle Flasche vor unseren Nasen ab und verschwand dann in den hinteren Gemächern ihres Thekenreiches.

Schweigend saßen wir vor unseren Bourbons.

Nach dem fünften Jack Daniel's klingelte mein Handy. Ohne auf das Display zu schauen, stellte ich den Knochen aus. Kaum war das Gerät verstummt schellte Andis Telefon. Auch er ging nicht ran.

Mit markerschütterndem Sound meldete sich sogleich das Thekentelefon.

»Scheiße«, entfuhr es uns wie aus einem Mund.

»Telefon für Euch. Es ist Paul Pfannkuche«, sagte Christa und stellte uns einen altmodischen schwarzen Apparat mit Wählscheibe auf die Theke.

»Geh du dran«, forderte ich Andi auf, der widerwillig gehorchte.

»Das darf doch wohl nicht wahr sein«, war alles, was er in den Hörer sprach, dann legte er auf.

»Was wollte Paul?«

»Wir sollen zurück nach Sterkrade«, antwortete er und kippte seinen Jack Daniel's hinunter.

»Und warum sollen wir das?«

»Weil die Leichen geklaut wurden.«

»Ach so. Und wer soll bitteschön fahren?«

»Wir nehmen ein Taxi«, lautete seine knappe Antwort.

»Gute Idee, zwei angesoffene Bullen fahren mit dem Taxi zur Fronleichnamskirmes und suchen dort nach geklauten Leichen«, sagte ich und schüttete uns beiden nach. Dabei fiel mir auf, dass wir die Flasche beinahe bezwungen hatten.

»Jawohl«, meinte Andi und machte sich an seinem Handy zu schaffen.

Bevor er irgendwelche Dummheiten machen konnten, wählte ich Pauls Nummer und bestellte ihn ins Haus Ostermann. Einige Schnäpse später erschien unser fettleibiger Spurensucher und winkte uns zur Küchenkabinettssitzung an einen der Ecktische.

»Hört mir nun gut zu, Ihr Schnapsnasen. Die drei verunglückten Penner sind verschwunden, und zwar mitsamt ihrem Leichenwagen.«

»Drei Tote in einem Leichenwagen? Inflation aller Orten«, lallte Andi.

Zwar musste ich mir eingestehen, alles andere als nüchtern zu sein, begriff aber trotzdem, dass Paul kein Späßchen mit uns trieb.

»Wie konnte das denn passieren?«, wollte ich von ihm wissen.

»Ganz einfach. Die Jungs vom Bestattungsunternehmen mussten noch kurz ihre Blasen entleeren. Und als sie zu ihrer Karre zurück wollten, war die nicht mehr da.«

»Keine Zeugen?«

»Doch, mindestens hundert Leute haben den Wagen wegfahren sehen. Nur hat dummerweise niemand jemanden einsteigen sehen.«

»Scheiße«, war alles, was mir dazu einfiel.

Freitag, 12. Juni

Nach viel zu kurzem Schlaf wachte ich mit einem gehörigen Brummschädel auf. Drei Tassen Kaffee und eine Aspirin machten mir klar, dass der Leichendiebstahl kein böser Albtraum war. Auf der Fahrt ins Büro quälte mich folglich nicht nur ein Whiskeykater, sondern auch die Frage, ob ich meinen Arbeitstag mit der Vernehmung der Schausteller oder mit der Suche nach dem gestohlenen Leichenwagen samt Inhalt beginnen sollte. Über den Umstand, dass sich Andi und mir fast gar keine Gelegenheit bot, die Ermittlungen in der Mordsache Pielecke voranzutreiben, konnte ich mich also nicht einmal ärgern, denn auch dazu ließen mir die Ereignisse keine Zeit. Von der Hoffnung getrieben, dass uns Kommissar Zufall unter die Arme greifen würde, legte ich die Sache in die unterste Schublade meines mentalen Schreibtisches.

In der Nacht hatte es anscheinend kräftig geregnet. Der Himmel war noch immer wolkenverhangen und die schwülheiße Morgenluft roch seltsam tropisch. Das karibische Klima passte irgendwie zum Leichenklau. Meine Gedanken begannen um Voodoo, Zombies und anderen Spuk zu kreisen; und erst die tagtägliche Parkplatznot in der Oberhausener Innenstadt vermochte mich aus diesen Träumen zu wecken.

Im Büro traf ich auf Andi, der offensichtlich nicht unter den Folgen des Ostermann'schen Exzesses zu leiden hatte.

»Haben wir schon eine Spur der geklauten Leichen?«, wollte ich wissen.

»Nein, die sind wie vom Erdboden verschluckt, genauso wie der Wagen.«,

»Was ist das überhaupt für eine Karre, mit der man drei Tote gleichzeitig abtransportieren kann?«

»Zur Fahndung ausgeschrieben ist ein Ford Transit in silbermetallic. Also kein klassisches Bestattungsfahrzeug, sondern ein schlichter Transporter.«

»Das kann ja Ewigkeiten dauern bis wir den gefunden haben. Also auf zu den Schaustellern«, klärte ich die Tagesordnung und war gleichzeitig ein wenig enttäuscht darüber, dass wir den regnerischen Tag mit einer Zeugenvernehmung beginnen mussten, denn die Lichtverhältnisse hätten mich eher zur Leichensuche animiert.

Entgegen meiner Vermutung lebte das Schaustellerehepaar Hebeisen nicht in einem der Wohnwagen nahe des Festplatzes, sondern residierte in einer großzügigen Villa in Osterfeld. Als wir an der Haustür klingelten, begann sich ein heftiges Gewitter zu entladen. Herr Hebeisen öffnete uns, verzichtete aber angesichts des tragisches Ereignisses darauf, eine Bemerkung über das Wetter zu machen.

Die Betreiber der Teufelsschleuder hatten den Schock bereits so weit verkraftet, dass sie uns zu einer Aussage in ihrem Wohnzimmer empfangen konnten, wo Frau Hebeisen uns bereits erwartete. Das Ehepaar sah zwar etwas mitgenommen aus, wirkte im Großen und Ganzen aber gefasst und schien davon auszugehen, dass man ihm nichts anhaben konnte. Beide waren Mitte dreißig und stammten, so hatte Andi mir auf der Autofahrt berichtet, aus alteingessenen Oberhausener beziehungsweise Gelsenkirchener Schaustellerfamilien. Udo Hebeisen hatte das Karussellfahrgeschäft erst zwei Jahre zuvor von seinem Vater übernommen.

Die gute Stube versprühte eine gewisse Heimeligkeit und war angefüllt mit mannigfaltigen Devotionalien aus vielen Jahrzehnten Kirmesgeschichte, ohne dabei auch nur im Geringsten kitschig zu wirken. In den Ecken waren ausrangierte Skelette und Monster aus Geisterbahnen aufgestellt, die offenbar an Stelle leiblicher Kinder den Haushalt beseelten. Küche und Wohnzimmer waren mittels einer Durchreiche verbunden, deren Vorderfront aus einer antiken Schießbude gefertigt war. Ich fragte mich, ob sich die Hebeisens wohl allein von Zuckerwatte und Bratwürstchen ernährten.

»Haben Sie eine Erklärung dafür, warum sich eine der Gondeln lösen konnte?«, fragte ich, als wir auf komfortablen Ledersesseln Platz nahmen, die ausschauten, als ob man sie aus einem englischen Club entführt hätte.

»Nein«, antworteten sie fast gleichzeitig und schauten einander dabei an.

Beide glichen eher durchgestylten Yuppies als Jahrmarktsschreiern. Frau Hebeisen trug eine blondierte Hochsteckfrisur zu einem giftgrünen, ärmellosen Sommerkleidchen; und hätte ihr harter Ruhrgebietsslang sie nicht verraten, so wäre sie glatt als Düsseldorfer Kö-Hexe durchgegangen. Die Aufmachung ihres Mannes wirkte etwas zurückhaltender, jedoch nicht weniger teuer; sein grauer Anzug war gewiss nicht von der Stange.

»Nun, von ganz allein wird sie ja nicht herabgestürzt sein«, mutmaßte Andi.

»Meine Frau und ich haben die ganze Nacht hindurch Überlegungen angestellt. Die Anlage ist erst zwei Jahre alt und wurde stets vom TÜV Rheinland geprüft«, erklärte Herr

Hebeisen und legte uns zum Beweis die TÜV-Gutachten vor, die er bereits auf dem Wohnzimmertisch bereitgelegt hatte.

»Ist eine reine Formsache«, sagte Andi und warf einen kurzen Blick auf die Papiere. »Die Prüfgutachten sind in Ordnung«, fuhr er an meine Adresse gerichtet fort.

»Natürlich sind die Papiere in Ordnung, was denken Sie sich eigentlich?«, entrüstete sich Frau Hebeisen und warf Andi dabei einen verächtlichen Blick zu.

»Beruhige dich, Inge. Die Herrschaften tun nur ihre Pflicht«, versuchte ihr Gatte sie zu besänftigen, doch sie sprang aus ihrem Sessel auf und verließ wutschnaubend das Zimmer.

»Bitte entschuldigen Sie das Verhalten meiner Frau. Sie ist mit den Nerven fertig. Die ganze Geschichte hat sie noch mehr mitgenommen als mich«, erklärte der Karussellbesitzer und fuhr sich dabei mit beiden Händen durch sein halblanges, pechschwarzes Haar.

»Das verstehen wir, Herr Hebeisen«, sagte ich, und versuchte trotz meiner Erkältung und meines Katers, meiner Stimme eine gewisse Sanftheit zu verleihen.

»Wie funktioniert die Teufelsschleuder eigentlich?«, fragte Andi.

»Sie verfügt über vier gesteuerte Bewegungsachsen sowie über zwanzig frei drehbare Fahrgastgondeln mit je drei Sitzplätzen. Die gesamte Anlange wird aus unserer am Boden stehenden Führerkabine gesteuert. Die entstehenden Beschleunigungswechsel reichen dabei von gefühlter Schwerelosigkeit bis zu einer körperlichen Belastung von annähernd vier G.«

»Also nicht unbedingt etwas für herz- und kreislaufschwache Menschen«, warf ich ein.

»Bislang hatten wir keinerlei Probleme mit der Anlage.«

Das Sommergewitter ließ das ohnehin schon seltsam anmutende Wohnzimmer geradezu bizarr erscheinen, und ich fühlte mich wie in einen der frühen Frankensteinfilme versetzt, denn mit jedem aufzuckenden Blitz wurde ein andere der hölzernen Geisterbahnfratzen für Sekundenbruchteile aufgehellt.

»Wie ist es eigentlich um Ihre wirtschaftliche Situation bestellt?«, fragte Andi weiter.

»Natürlich spüren wir auch in Oberhausen die Konsumzurückhaltung. Insgesamt haben die im Verband der deutschen Schausteller zusammengeschlossenen Fahrgeschäfte seit einigen Jahren erhebliche Umsatzrückgänge zu verzeichnen. Bei einigen Kollegen bis zu vierzig Prozent in den vergangenen drei Jahren. Aber im Vergleich zu anderen Jahrmärkten, auf denen wir mit der Teufelsschleuder gastieren, geht es hier noch einigermaßen gut. Als ortsansässiges Schaustellerunternehmen kennen wir die Bedürfnisse der Sterkrader Kirmesbesucher seit vielen Jahrzehnten. Was uns aber sehr zu schaffen macht, sind die Auflagen durch Umwelt- und Windlastzonen. Hinzu kommen die enormen Teuerungen im Energiesektor. Unser Fahrgeschäft verbraucht im Laufe der Fronleichnamskirmes etwa zweitausendvierhundert Kilowattstunden, da fällt jeder Cent ins Gewicht.«

»Gewicht ist das Stichwort, Herr Hebeisen«, unterbrach ihn Andi.

Hebeisen schaute irritiert.

»Kann es sein, dass Sie aufgrund des gestiegenen Kostendrucks Einsparungen an der Instandhaltung Ihrer Maschine vorgenommen haben, sodass diese das Lebendgewicht von drei Obdachlosen nicht mehr tragen konnten?«

Was für ein idiotischer Satz, dachte ich.

»Hätte ich das getan, wäre ich nicht nur dumm, sondern auch ein Mörder«, antwortete Hebeisen barsch.

Ich konnte Andis harsche Befragungsweise nicht nachvollziehen, denn die aus Jahrmarktsutensilien und britischem Salonchic kombinierte Wohnungseinrichtung machte es mir beinahe unmöglich, in den Bewohnern raffgierige oder bösartige Menschen zu sehen, die aus Profitsucht etwaige Wartungsarbeiten unterlassen hätten.

»Sie haben die Teufelsschleuder zum Unfallzeitpunkt selbst gefahren, Herr Hebeisen?«, vergewisserte ich mich.

»Ja, das ist richtig.«

»Ist Ihnen dabei irgendetwas aufgefallen, vielleicht eine kleine Unstimmigkeit?«

»Nein. Selbstverständlich nicht. Die Anlage verfügt über ein hervorragendes Überwachungs- und Kontrollsystem und würde sich im Falle einer Störung automatisch abstellen. Außerdem kann ich den Fahrbetrieb jederzeit mittels eines Notschalters unterbrechen.«

»Wer hat die Anlage aufgebaut?«

»Unsere Truppe. Ich habe sieben Jungs, die kommen alle aus Polen. Wir arbeiten schon seit vielen Jahren zusammen. Mein Vater hat sie damals angeheuert. Fast überall werden Fahrgeschäfte von Polen gewartet. Es gibt keine besseren Mechaniker. Ich lege für meine Jungs die Hand ins Feuer. Außerdem hat die Teufelsschleuder die Abnahme glänzend bestanden.«

»Welche Abnahme?«, wollte Andi wissen.

»Die Abnahme seitens des Bauamtes. Bei jedem Aufbau muss das örtliche Bauamt die TÜV-Vorgaben überprüfen und ihre Einhaltung schriftlich bestätigen. Erst nach bestandener Probefahrt erfolgt die endgültige Abnahme. Sowohl die Kontrolle als auch die Probefahrt verliefen bei uns anstandslos.«

»Kann jemand die Anlage nach ihrem Aufbau manipuliert haben?«, fragte ich weiter.

»Ohne schweres Werkzeug ist dies unmöglich. Unser Fahrgeschäft wird während der Ruhezeiten streng überwacht. Niemand kann auf die Anlage, erst recht nicht, wenn er schweres Werkzeug mit sich führen würde.«

»Wer bewacht die Teufelsschleuder?«

»Meine Jungs. Sie übernehmen alle Aufgaben, von Transport und Aufbau über Instandhaltung und Bewachung bis zum Abbau.«

»Haben Sie Feinde, Herr Hebeisen?«, fragte ich.

»Ich habe Konkurrenten, keine Feinde. Und gewiss wüsste ich niemanden zu nennen, der das Leben von Menschen aufs Spiel setzt, um mich von der Fronleichnamskirmes zu drängen.«

»Bilden die Schausteller etwa eine große, harmonische Familie?«, stichelte Andi und ließ dabei spöttisch seinen Blick durch den Wohnraum gleiten.

»Unsere Kollegialität ist bestimmt fester verankert als in anderen Branchen, Herr Ganster«, antwortete Hebeisen mit ernster Stimme.

Da von den Hebeisens nichts weiter in Erfahrung zu bringen war und ich erkannte, dass Andis Stimmung unsere Ermittlungen eher behindern als befördern würde, drängte ich zum Aufbruch.

Beim Verlassen des Hauses sah ich Frau Hebeisen am Küchentisch sitzen. Sie verbarg ihr Gesicht in den Händen und schluchzte bitterlich.

»Warum warst du so aggressiv, glaubst du etwa, dass die beiden an ihrem eigenen Fahrgeschäft Schmu gemacht haben?«, fragte ich Andi, als wir auf der Rückfahrt waren.

»Nein. Ich glaube nicht, dass sie an ihrer Teufelsschleuder rumgespielt haben. Ich frage mich aber, ob nicht irgendjemand anderer den beiden an die Karre pinkeln wollte.«

»Du denkst an Sabotage durch einen Konkurrenten?«

»Nach allem, was Hebeisen über die wirtschaftliche Situation der Schausteller berichtet hat, kann es doch sein, dass jemand einen lästigen Konkurrenten loswerden wollte.«

»Warten wir am besten das Endergebnis der kriminaltechnischen Untersuchung ab und hoffen wir, dass es ein Unfall war.«

* * *

Als wir auf der Mülheimer Straße den Rhein-Herne-Kanal überquerten, hatte sich das Gewitter gelegt, und die Sonne brannte erbarmungslos aus blauer Wolkenlosigkeit. Sommerliche Gefühle konnten sich bei uns jedoch nicht einstellen, denn mit der Rückkehr der Hitze ereilte uns per Funk die Nachricht, dass der gestohlene Leichentransporter auf einer Lichtung im Hiesfelder Wald entdeckt worden sei. Wie von der Tarantel gestochen wendete Andi unseren Dienstwagen, heftete das Blaulicht aufs Dach und jagte mit einem Affenzahn in Richtung Dinslaken, wo wir in einer Rekordzeit von knapp zehn Minuten eintrafen.

Am Fundort bot sich uns ein grauenhaftes Bild. Der Ford Transit stand mit weit geöffneten Türen mitten auf einer von Buchen und Eichen gesäumten Wiese. Die Körper der entwendeten Leichen lagen im Umkreis von fünfzig Metern um das Fahrzeug verstreut und waren splitterfasernackt. Zwei Kollegen von der Funkstreife waren gerade damit beschäftigt, Absperrbänder um die mächtigen Stämme der Bäume zu wickeln. Als sie uns kommen sahen, näherte sich einer der beiden.

»Ich würde an Ihrer Stelle nicht zu nahe herantreten. Ist kein schöner Anblick«, begrüßte er uns.

»Ach Quatsch«, erwiderte Andi und ließ mich mit ihm allein, um die Toten näher in Augenschein zu nehmen.

»Wer hat die Leichen gefunden?«, fragte ich.

»Spielende Kinder haben zunächst den Wagen und dann die Toten entdeckt.«

»Haben die Kinder uns informiert?«

»Ja. Heutzutage hat doch jedes Balg ein Handy.«

»Wo sind die Kinder jetzt?«

»Wir haben ihre Personalien aufgenommen und sie dann nach Hause geschickt. Merkwürdigerweise waren sie nicht besonders schockiert. Einer der Bengel hat sogar noch gegrinst.«

»Haben Sie sich die Handys der Blagen angesehen?«, fragte ich weiter.

»Warum sollten wir?«

»Ist nun auch egal. Spätestens morgen werden wir aus der Bildzeitung erfahren, ob sie mit den Dingern wirklich nur telefoniert haben.«

»Scheiße«, sagte der Kollege und schlug sich mit der flachen Hand vor die Stirn.

Ich versuchte die Coole zu mimen und zuckte nur mit den Schultern.

»Haben Sie eine Ahnung, seit wann der Wagen hier steht?«

»Wie es aussieht wohl seit gestern Abend. Um dreiundzwanzig Uhr hat es angefangen zu regnen, aber nirgends sind irgendwelche Reifenabdrücke zu erkennen.«

»Und um diese Jahreszeit wird es erst gegen zehn Uhr dunkel. Bei all den Joggern, die sich hier bis spät abends herumtreiben, können wir wohl davon ausgehen, dass die Leichendiebe den Wagen zwischen zweiundzwanzig Uhr dreißig und dreiundzwanzig Uhr abgestellt haben. Konnten Sie irgendwelche Fußspuren sicherstellen?«

»Wir haben offen gestanden nicht danach gesucht. Das überlassen wir lieber Paul Pfannkuche und seiner Truppe. Aber wie es ausschaut, haben wir es hier mindestens mit zwei Wahnsinnigen zu tun. Ein einzelner Täter könnte unmöglich allein drei Leichen aus dem Fahrzeug hieven«, erwiderte der Schupo etwas verlegen.

»Ja, das kann sein. Es sei denn, wir haben es mit einem berserkerartigen Kraftmenschen zu tun, der darüber hinaus noch seine ganz eigene Art von Humor pflegt.«

»Können Sie sich einen Reim auf diese Geschichte machen?«, setzte er das Gespräch fort.

»Eigentlich nicht. Ich habe keine Ahnung, was uns die Täter mit diesem Stillleben sagen wollen. Was mich aber am meisten wundert, ist der Umstand, dass die Toten entkleidet wurden. Gestern Abend waren sie noch in voller Montur.«

»Ihre Klamotten liegen im Wagen«, sagte er.

»Thi, komm mal her. Das musst du dir ansehen«, rief Andi, und winkte mir aufgeregt zu.

Ohne mich bei meinem Gesprächspartner zu entschuldigen, eilte ich zu Andi, der sich mittlerweile über eine der Leichen gebeugt hatte und sie interessiert musterte.

»Was gibt es denn Tolles?«

»Ich wette, so etwas hast du noch nicht gesehen.«

»Außer der Tatsache, dass der Typ tot ist, fällt mir nichts Besonderes an ihm auf.«

»Schau doch mal genau hin.«

»Mach es nicht so spannend, ich kann nichts erkennen.«

Andi zog einen Kugelschreiber aus der Brusttasche seines Hemdes und deutete auf die Füße des Toten, die in Socken steckten

»Alle drei sind vollständig entkleidet, bis auf ihre Socken.«

»Und was sagt uns das?«, fragte ich ihn.

»Keine Ahnung. Ich finde es nur bemerkenswert«, antwortete er und ließ den Kuli wieder in seiner Tasche verschwinden.

* * *

Ich musste bis zum Abend warten, um telefonisch von Paul Pfannkuche zu erfahren, was ich bereits befürchtet hatte, nämlich dass er keinerlei Spuren oder Fingerabdrücke am Ford Transit hatte feststellen können. Um meinem Jagdinstinkt wenigstens etwas Befriedigung zuteil kommen zu lassen, stellte ich den Computer an und machte mich im Internet auf die Suche nach Fotos oder Videosequenzen vom Hiesfelder Fundort. Es interessierte mich, ob die Kinder mit ihren Handys nicht doch die eine oder andere Aufnahme geschossen hatten und diese auf Videoportalen zur Schau stellten. Ich verdrängte also meine Erinnerungen an den Suff des Vorabends, entkorkte eine Flasche Grünen Veltliner und machte es mir vor dem Bildschirm gemütlich. Nachdem ich auf Portalen wie youtube, myvideo und myspace unter Verwendung etlicher Suchbegriffe, die von *Hiesfeld* über *Leiche* und *Leichenwagen* bis zu *tote Penner* reichten, nicht fündig wurde, landete ich schließlich gelangweilt in meinem E-Mailpostfach. Dort fand ich eine Mail von Alex, in der mir meine verflossene Liebe einen schönen Urlaub wünschte und noch einmal betonte, mich nie mehr wiedersehen zu wollen.

Um mich auf andere Gedanken zu bringen, bestellte ich mir ein Taxi und ließ mich ins Haus Ostermann chauffieren.

An der Theke herrschte Hochbetrieb. Aus dem Präsidium war aber weit und breit niemand zu sehen. Unter den vielen Stammgästen erspähte ich Uwe Kraft, den stadtbekannten Kleinkriminellen und Automarder. Uwe zählte zwar nicht unbedingt zu meinen engsten Freunden, aber ich respektierte ihn und hatte mich weder dienstlich noch privat jemals in seinen Kram eingemischt, was zur Folge hatte, dass ich mit ihm unbeschwert das eine oder andere Bierchen zu mir nehmen konnte.

»Na, Schwester, du steckst ja momentan ganz schön in der Scheiße«, meinte er, während er eine schwere Aktentasche von einem der Barhocker nahm und mir andeutete, sich zu ihm zu setzten.

»Das kannst du wohl laut sagen. Hattest du schon mal einen Kunden, der auf Leichenwagen steht?«

»Daran ist nichts zu verdienen. Ist was für arme Schlucker, Studenten, Gothics und anderes Kroppzeug«, meinte er verächtlich.

»Du hast bestimmt gehört, dass gestern einer auf der Kirmes geklaut wurde?!«

»Ich habe auch schon gehört, dass ihr ihn wiedergefunden habt. Ist aber nicht meine Baustelle.«

»Wer klaut denn in Oberhausen gerade Autos?«

»Die gleichen Leute wie immer. Der Wagenmarkt ist fest in der Hand der alten Spezialisten, zumindest, was die guten Schlitten angeht.«

»Und die miesen Schlitten?«

»Das weißt du doch selber. Junkies und Spacken eben.«

»Kannst du dir vorstellen, dass jemand einen Ford Transit in Bestatterausführung in Auftrag gibt?«

Uwe musste grinsen. »Den Auftraggeber würde ich gern sehen. Ihr hättet ihn doch schneller an den Hammelbeinen, als er mit der Kiste Gas geben könnte. Ich habe mich gestern schon gewundert, dass die Typen überhaupt mit einer solch auffälligen Karre aus Sterkrade rausgekommen sind.«

»Ist uns auch ein bisschen peinlich«, gestand ich.

»Wenn du mich fragst, solltet ihr nicht primär im Autohandel suchen. Die Zulieferer bevorzugen nämlich gewöhnlich Wagen ohne Fahrgäste.«

»Würdest du trotzdem Augen und Ohren für mich aufhalten?«

»Ehrensache. Sobald mir was zu Ohren kommt, klingelt dein Handy«, versprach Uwe.

Ich prostete ihm zu und nahm mir vor, für den Rest des Abends weder an Leichen und Kirmes noch an meine privaten Angelegenheiten zu denken, was mir allerdings nur unter Zuführung zahlreicher alkoholischer Getränke gelang.

Gegen Mitternacht bestellte ich mir dann wieder ein Taxi, um mich blitzblau in meine Alstadener Wohnung kutschieren zu lassen.

Samstag, 13. Juni

Der nächste Morgen begann für mich mit einem überraschenden Anruf: Meine alte Schulfreundin Sylvia Tütenerde, die zugleich auch unsere Gerichtsmedizinerin war, hatte mich in die Pathologie bestellt. Sie habe, so versicherte sie mir, »Bemerkenswertes an den drei Verunfallten entdeckt« und ich solle mir, so fuhr sie fort, »die Inaugenscheinnahme der Toten auf keinen Fall entgehen lassen«.

Mit grippeschwerem Kopf machte ich mich unverzüglich auf den Weg ins Gerichtsmedizinische Institut. Um acht Uhr war ich dort und fand eine putzmuntere Sylvia vor. Obgleich sie die ganze Nacht lang die teilweise zerfetzten Körper der Opfer wieder zusammengeflickt hatte, wirkte sie so, also hätte sie soeben eine erfrischende Wellnesskur hinter sich gebracht. Ihr blondes Haar glänzte im Licht der Deckenscheinwerfer, das schmale Gesicht war sommerlich gebräunt, und ihren athletischen Körper umhüllte ein blitzsauberer, grüner Ärztekittel.

»Ich mache gerade Frühstückspause«, begrüßte sie mich und hielt mit eine Tasse Kaffee entgegen.

»'ne Aspirin wär mir lieber«, lehnte ich das Angebot ab.

»Arzneien für lebende Menschen wirst du hier wohl vergeblich suchen«, bemerkte sie trocken.

Meine Blicke wanderten durch den Obduktionsraum, der in seiner Spärlichkeit nicht zu überbieten war. Vier Seziertische, zwei Handwaschbecken, ein Geräteschrank und einige Beistelltische aus Aluminium waren seine einzigen Einrichtungsgegenstände. Zwar war es nicht mein erster Besuch an dieser unwirtlichen Stätte, doch wunderte ich mich auch dieses Mal wieder darüber, wie Menschen es hier tagein, tagaus aushalten konnten. Drei der Tische waren mit den Überresten der wiedergefundenen Heiminsassen belegt. Gott sei Dank hatte Sylvia die Opfer so platziert, dass mir der Anblick ihrer Gesichter erspart blieb.

Eine silberne Thermosflasche und zwei mit Räucherlachs belegte Brötchenhälften, von denen eins angebissen war, sowie eine Tube Mayonnaise, stellten das Wenige dar, was mich noch an die zivile und weniger abscheuliche Außenwelt erinnerte.

»Ich habe bei jedem der drei Männer mindestens zehn unterschiedliche Verletzungen gefunden, von denen jede einzelne zum sofortigen Tod geführt hätte. Die Palette reicht vom Genickbruch bis zur totalen Lungenquetschung. Gelitten hat aber wohl keiner von ihnen, wenn man einmal vom Entsetzten und der Panik kurz vor dem Aufprall der Gondel absehen möchte«, erläuterte Sylvia und biss sogleich in eines ihrer Lachsbrötchen.

»Dass sie keine großen Überlebenschancen hatten, ist mir bereits am Unfallort aufgefallen.«

Sylvia wischte sich mit dem Ärmel ihres Kittels einen Rest Mayonnaise aus dem Mundwinkel. Mit halbvollem Mund sagte sie: »Stimmt, deshalb habe ich dich auch nicht hergebeten. Ich habe bei den Jungs eine interessante Gemeinsamkeit entdeckt.«

»Bitte, ich bin erkältet. Spann mich nicht lange auf die Folter. Was hast du gefunden?«

»Sie sind, neben der Tatsache, dass sie alle drei im selben Heim wohnten, gemeinsam starben und ihre Leichen gestohlen wurden, auch geschändet worden.«

»Geschändet? Was darf ich mir denn unter dieser Formulierung vorstellen?«

»Ein Leichenschänder hat sich an ihnen vergangen. Er hat sie sexuell missbraucht. Möchtest du Einzelheiten wissen?«

Mir wurde speiübel, was aber mit Sicherheit nicht auf meine Erkältung zurückzuführen war. »Nein danke. Deine Diagnose würde ich nie anzweifeln«, lautete meine knappe Antwort.

»Kannst du ungefähr bestimmen, wann?«

»Wohl bereits vorgestern Abend, kurz nachdem ihre Leichen gestohlen wurden.«

»Und wo?«

»Wie es aussieht, nicht im Leichenwagen. Ich habe Spuren von Gräsern und Moos an den Körpern gefunden. Des Weiteren wiesen die Körper ...«

»Bitte«, schrie ich sie an, »verschone mich mit Details.«

»Schon gut, ich dachte nur, es würde dich interessieren, welche Art von Verbrechern hier in Oberhausen herumlaufen.«

»Dass die Stadt voller Irrer ist, weiß ich schon seit zwanzig Jahren. Aber meine Güte, wer vergeht sich denn an tödlich verunglückten Pennern?«

»Genau das habe ich mich auch gefragt«, meinte sie und griff nach dem zweiten Brötchen.

»Ist dir ein Fall von Nekrophilie jemals untergekommen?«

»Nein, alles, was ich darüber weiß, ist rein theoretischer Natur. Aber als Rechtsmedizinerin sucht man ja auch nicht gerade nach Spuren von Leichenschändung. Es sei denn, sie springen einem sofort ins Auge, wie zum Beispiel hier...«, erklärte sie und trat mit forschem Schritt auf einen der Seziertische zu.

»Schon gut. Ich glaube dir«, versicherte ich mit einer abwehrenden Handbewegung. Ich musste ihr Recht geben. Auch ich hatte mich nie mit dem Phänomen des sexuellen Missbrauchs von Verstorbenen beschäftigen müssen, worüber ich bis zu jenem Moment auch alles andere als traurig war.

Sylvia hatte meine Beklemmung sofort erkannt und grinste mich mit gespielter Bösartigkeit an. Es schien ihr eine gewisse Freude zu bereiten, mich mit ihren Andeutungen von Details zu quälen.

»Soweit ich weiß stehen wir hier vor dem ersten Fall von Nekrophilie in Oberhausen. Ich bin gespannt, wer aus dem Präsidium auf die Schnelle ein Täterprofil herzaubern kann«, erklärte ich ihr, um sie endlich von ihrem fachärztlichen Trip herunterzuholen und ihr vorzugaukeln, dass die Ermittlungsarbeit in meinem Kopf bereits begonnen hatte.

»Da war doch mal was, lass mich mal überlegen, ob ich die Geschichte noch hinbekomme, Ich weiß es nicht mehr so genau, aber erinnerst du dich noch an die Sommerferien 1985?«

Ich schaute sie ratlos an.

»Damals ging die Story von der Schändung einer Frauenleiche in der Totenhalle des Alstadener Friedhofs durch die Lokalpresse«, fuhr sie fort.

»Was war denn da los?«

»Wenn ich mich richtig erinnere, brach damals ein Geistesgestörter in die Totenhalle ein und brach der aufgebahrten Leiche einer alten Frau beide Unterarme. Soweit ich weiß, hat man den Täter nie erwischt.«

»Und woher weißt du dann, dass es sich um einen geistesgestörten Täter gehandelt hat?«, wollte ich wissen.

»Jetzt werde hier mal nicht neunmalklug«, maßregelte sie mich mit einem verschmitzten Grinsen. »Weil ich einfach davon ausgehe, dass ein geistig gesunder Mensch zu einem solch abscheulichen Verbrechen nicht fähig ist.«

»Du glaubst doch nicht im Ernst, dass wir es hier mit einem Täter zu tun haben, der nach über zwanzig Jahren wieder eine ähnliche Tat begeht. Warum sollte jemand zwanzig Jahre lang stillhalten und dann wieder zuschlagen?«

»Du bist die Polizistin, die nun vor ihrem ganz besonderen Sommerabenteuer steht. Im Übrigen: Es gibt Dinge und Beweggründe, die möchte ich mir erst gar nicht vorstellen können«, sagte sie, und ich und spürte, wie mir der Schweiß eiskalt den Körper hinunterlief.

* * *

Gegen neun Uhr erreichte ich den Rolandshof. Ich war recht gespannt darauf, in welchem Umfeld die drei Verunglückten gelebt hatten, denn ich konnte mir unter einem arbeitstherapeutischen Bauernhof absolut nichts vorstellen und vermutete einen solchen auch am wenigsten auf Oberhausener Stadtgebiet. Zwar ging ich nicht davon aus, dass die Heimleitung mir in der Leichenschändersache weiterhelfen konnte, doch immerhin wollte ich den Ausflug dazu nutzen, meinem gestressten Hirn etwas Frischluft zukommen zu lassen und die soeben gemachten Erlebnisse auf irgendeine Art zu verdrängen – eine Hoffnung, dies wusste ich sogleich, die illusorisch sein würde.

Das weitläufige Areal an der Stadtgrenze zu Mülheim umfasste mindestens fünfundzwanzig Hektar und wirkte auf mich wie die romantische Kulisse für einen Heimatfilm. Dass es sich dabei um ein Heim für Obdachlose und vom Leben gebeutelte Männer handeln sollte, war den drei Backsteingebäuden von außen nicht anzusehen.

Vor dem Haupthaus wurde ich von einem schwergewichtigen Kalfaktor in Empfang genommen, der sich breitbeinig in Gutsherrenart aufgestellt hatte und mir mit einer weitschweifigen Handbewegung einen Parkplatz zuwies.

»Oh, wie ich sehe, haben Sie mich bereits erwartet«, begrüßte ich ihn, nachdem er mir, zu meiner Überraschung, die Autotür geöffnet hatte.

»Stimmt, Herr Horstmann liegt noch oben in seinem Bett. Ich tippe mal auf einen Schlaganfall. Er war schon kalt, als ich ihn eben gefunden habe, da hielt ich es für ratsam, uns die Bestellung eines RTW zu sparen. Übrigens, mein Name ist Schönwitz, Andreas Schönwitz. Ich bin der zuständige Heimleiter hier auf dem Rolandshof.«

Die Tatsache, in dem vermeintlichen Knecht den Herrn des Hofes vorzufinden, überraschte mich sehr, hatte ich mir den verantwortlichen Betreuer eines Männerwohnheims doch eigentlich anders vorgestellt. Ich schätze ihn auf Mitte vierzig. Er gehörte zu der seltenen Sorte Männer, denen ihre Fettleibigkeit außerordentlich gut stand; er trug einen modischen Kinnbart, und sein kugelrundes Gesicht strahlte eine gewisse Lebensfreude aus.

»Noch ein Todesfall?«, fragte ich und hoffte zugleich inständig, dass Herr Schönwitz mit seiner Schlaganfallvermutung recht haben würde, denn wenn ich eins nicht gebrauchen konnte, so war dies ein weiteres Mord- oder Unfallopfer.

»Nun ja, kam nicht gerade überraschend. Wie gesagt, ich schätze, es war ein Hirnschlag. Fremdverschulden halte ich für ausgeschlossen.«

»Dann will ich mir Herrn Horstmann doch gleich mal ansehen.«

»Das sollten Sie tun, Frau Doktor, das sollten Sie tun.«

»Übrigens, eine Doktorprüfung habe ich nie abgelegt.«

»Braucht ja auch nicht jeder Arzt einen Doktor vor dem Namen«, erläuterte er in aufmunternder Tonlage.

»Auch komme ich aus keinem Krankenhaus und aus keiner Praxis. Meine Name ist Fischer, Thi Fischer, und ich bin von der Mordkommission der Kripo Oberhausen.«

»Ah, dann sind Sie wohl wegen unserer drei Jungs von der Sterkrader Kirmes hier?!«

»Ganz genau. Aber zunächst möchte ich mir doch den Leichnam von Herrn Horstmann ansehen.«

Über eine steile Treppe folgte ich dem Heimleiter in die zweite Etage des Haupthauses, in dem sich die Schlaf- und Wohnzimmer befanden.

»Herr Horstmann ist vor drei Jahren zu uns gekommen. Er ist einer der wenigen, die noch ein Einzelzimmer ergattert haben, das ist auch der Grund dafür, dass ich ihn gefunden habe. In anderen Fällen fällt das Ableben eines Bewohners meist den Zimmergenossen auf«, erklärte er mir kurzatmig, und ich hatte den Eindruck, dass die etwa fünfzehn Treppenstufen den schweren Leib an die Grenzen seiner sportlichen Fitness getrieben hatten.

»Wie viele Bewohner beherbergen Sie hier auf dem Rolandshof?«

»Nach dem tragischen Kirmesunfall und dem Tod von Herrn Horstmann sind es im Moment zweiundfünfzig. Meist trockene, na ja, sagen wir einmal halbtrockene Alkoholiker und ehemalige Knackis.«

Ich ließ meinen Blick an seinem gewaltigen Körper entlangschweifen. Schönwitz schien mir der Typ Sozialarbeiter zu sein, der selbst aus gutbürgerlichem Hause stammte, und bei dem es für ein Jura- oder Medizinstudium nicht gereicht hatte. Eben einer von jenen, die eine sozialwissenschaftliche Disziplin studiert hatten, um primär ihre Eltern zu ärgern.

Der Lebensstil der Hofbewohner hatte sich offensichtlich auch auf ihn übertragen, denn aus der rechten Brusttasche seiner Jeansjacke lugte der silberne Verschluss eines Flachmanns hervor. Eines war mir sofort klar: Er gehörte gewiss nicht zur Kategorie Gutmensch.

»Herr Schönwitz. Die amtliche Leichenschau hat ergeben, dass ...«, ich versagte mir, den Satz zu Ende zu sprechen, denn die Tatsache, dass die Toten gestohlen worden waren, war für die Polizei schon peinlich genug, die Leichenschändung wollte ich ihm nicht ohne Not auf die Nase binden müssen.

»Ja?«

»Nun, sie hat ergeben, dass Ihre drei Bewohner auf der Stelle tot waren. Sie haben also nicht gelitten.«

»Wenigstens etwas Positives«, sagte er und öffnete mir die Tür zum Wohnraum von Herrn Horstmann.

Der Verstorbene lag mit weit aufgesperrtem Mund und irr dreinblickenden Augen rücklings auf einem Bett. Seine Dritten Zähne lagen in einem Wasserglas, das neben einem vollständig mit Zigarettenkippen gefüllten Aschenbecher auf dem Nachttisch stand.

»Wie gesagt, ich tippe auf einen Schlaganfall«, erklärte Schönwitz und wies mit seiner Rechten auf die Leiche, als ob ich ohne diese Geste nicht verstanden hätte, was er mir sagen wollte.

»Auf Mord würde ich auch nicht gerade tippen«, erläuterte ich meinen Eindruck.

»Er war schon eiskalt, als ich ihn so vorgefunden habe.«

»Wen erwarteten Sie eigentlich eben?«, fragte ich.

»Einen Arzt. Ich dachte ja, sie wären die Ärztin. Ich habe in der Gemeinschaftspraxis Meyer angerufen. Die kümmert sich seit Jahren um unsere Bewohner. Ich habe der Sprechstundenhilfe aber gleich gesagt, dass es keine besondere Eile habe, denn, wie gesagt, er war ja schon kalt.«

»Sie gehen sehr professionell mit dem Ableben von Herrn Horstmann um«, lobte ich ihn, während ich mich im Zimmer umblickte, das sich nicht von einem Hotelzimmer der unteren Preiskategorie unterschied. Außer dem Gebiss und einigen Kleidungstücken erspähte ich keinerlei persönliche Gegenstände. Nichts deutete darauf hin, dass Horstmann die letzten drei Jahre seines Lebens hier verbracht hatte.

»Macht der Gewohnheit, Frau Fischer. Ich möchte angesichts der Vorfälle auf der Fronleichnamskirmes nicht zynisch klingen, aber zu uns kommen die Leute, um zu sterben, früher oder eben später. Das Schicksal von Männern, die sich über Jahrzehnte dem Suff ergeben haben. Aber warum sind Sie eigentlich hier?«

»Ich muss in alle Richtungen ermitteln«, antwortete ich in Ermanglung einer besseren Aussage.

»Gehen Sie denn nicht davon aus, dass es sich um einen Unfall gehandelt hat?«

»Doch, doch, natürlich gehen wir im Moment davon aus. Aber es ist mir zur Angewohnheit geworden, dass ich mir auch bei Unfalltoten stets ein Bild von deren familiärem beziehungsweise sozialem Umfeld mache.«

»Aha, darf ich fragen, woher diese Angewohnheit rührt?«, fragte er, während wir das Sterbezimmer Horstmanns wieder verließen und zurück auf den Flur traten.

»Weil vieles nicht so ist, wie es scheint, Herr Schönwitz.«

»Wir hatten hier schon vieles. Feuerwehreinsätze, Selbstmorde und sogar schon einmal eine Geiselnahme mit anschließendem SEK-Einsatz. Ein Mord wäre aber mal ganz was Neues, erst recht ein dreifacher«, erklärte er mir mit einem spitzbübischen Lächeln.

»Mich würde also interessieren, wer die drei Verunglückten waren.«

»Das ist schnell zusammengefasst: Alle waren zwischen fünfzig und sechzig und hatten keine Angehörigen, zumindest keine, die der Heimleitung bekannt waren. Ansonsten hatten sie die klassische Karriere hinter sich. Jobverlust, Alkohol, Jahre auf der Straße, schließlich Endstation Rolandshof. Aber Sie wollen nun gewiss die Räume der drei Verunfallten in Augenschein nehmen, oder?«

»Ja, das möchte ich in der Tat.«

»Dann folgen Sie mir bitte zu Schlafsaal Nummer fünf.«

»Was darf ich mir unter einem arbeitstherapeutischen Bauernhof vorstellen, Herr Schönwitz?«, fragte ich beim Betreten von Schlafsaal Nummer fünf, der sich vom Zimmer Horstmanns nur dadurch unterschied, dass in ihm vier Betten statt einem und eine entsprechende Anzahl von Kleiderschränken befanden.

»Meine Trägergesellschaft verfolgt hier die Illusion, den Männern wieder auf die Beine zu helfen. Wenn Sie mich fragen, besteht die Arbeitstherapie darin, dass sie für ihren Alkohol etwas tun müssen, wie zum Beispiel Schweine füttern oder bei der Rübenernte helfen«, lautete seine ernüchternde Antwort.

»Haben die Männer hier eigentlich ein funktionierendes Sexualleben?«, wollte ich wissen, bemerkte aber sofort, dass diese Frage wohl ein wenig zu direkt formuliert war.

Schönwitz lachte schallend. »Frau Fischer, Frau Fischer. Sie sind mir ja eine. Diese Frage übersteigt nun doch meine Verbundenheit mit den Heiminsassen bei Weitem. Aber einige von unseren Jungs können Ihnen da bestimmt Auskunft geben.«

»Es war halt nur ein Gedanke«, gab ich vor.

»Die Erfüllung eines ausreichenden Sexuallebens sieht das deutsche Sozialgesetz nicht vor, Frau Fischer, so wie es manch andere existenzielle Dinge auch nicht vorsieht«, erklärte er mir und wurde dabei merkwürdig ernst.

Ich glaubte nicht, dass ich hier noch viel würde erfahren können, und verabschiedete mich.

Auf der Rückfahrt zum Präsidium wurde ich das Gefühl nicht los, dass ich mich auf dem Rolandshof lächerlich gemacht hatte. Was mich aber viel mehr bedrückte, war das anstehende Gespräch mit Andi, denn mir war von vornherein klar, dass auch ihm die Nekrophiliegeschichte auf den Magen schlagen würde.

* * *

Die Kirmes muss weitergehen, hatte die WAZ in ihrer Freitagsausgabe getitelt und dabei den Oberbürgermeister zitiert, der sich offenbar an das inoffizielle Motto der Olympischen Spiele 1972 erinnert hatte und den Entschlossenen spielte, was ihm angesichts seiner Sorgen um das ohnehin schon marode Stadtsäckel jedoch nicht zu verdenken war. Kaum vierzig Stunden nach dem Unglück liefen die Schaugeschäfte also wieder auf vollen Touren.

Ich hatte mich bereits am Nachmittag nach Sterkrade begeben, um zu beobachten, ob viele Leute die Kaltblütigkeit besitzen würden, sich ins Jahrmarktsgetümmel zu stürzen, aber wahrscheinlich war es wohl eher ein Gefühl der inneren Leere, das mich von daheim weggetrieben hatte. Zu meiner Überraschung waren es überwiegend sehr junge Menschen und Kinder, die, wenn meine sozio-psychologischen Überlegungen zutrafen, auf Youtube gewiss schon Schlimmeres gesehen hatten als die Bilder vom Kirmesunglück, die in

Form von Sondersendungen im WDR-Fernsehen und auf SAT1 gezeigt wurden, und denen nichts und niemand die Rummelplatzfreude nehmen konnte. Wäre mein Besuch nicht auf einen Samstag gefallen, so hätte ich vermuten können, dass das benachbarte Sophie-Scholl-Gymnasium seinen Schülern einen unterrichtsfreien Kirmestag spendiert hätte. Zu meiner allergrößten Verwunderung aber schienen die Jugendlichen auch keinerlei Furcht vor der Benutzung der abenteuerlichen Riesenräder, Achter- und Wildwasserbahnen zu hegen, deren Betreiber, als Zugeständnis an die Katastrophe, ihre Preise um dreißig Prozent reduziert hatten.

Ziellos schlenderte ich über das weitläufige Gelände. Auch ohne den Karussellunfall und meine ganz persönliche Erfahrung auf dem Rummel hätte ich dem Treiben nicht viel abgewinnen können, denn Kirmes und Karneval waren für mich stets ein und dasselbe, nämlich billigste und vulgärste Volksbelustigung. Nun aber, da ich gesundheitlich und psychisch angeschlagen war und mich das Ganze auch noch dienstlich anging, empfand ich noch mehr Widerwillen und Abscheu, mir einen Fronleichnamskirmesbesuch anzutun, dessen Kosten ich nicht einmal steuerlich würde absetzen können. Laute Musik aus den Siebziger und Achtziger Jahren drang an mein Ohr, und ich fragte mich einen Moment lang, ob Boney M. und Paul Anka ihre Hymnen einzig und allein zu dem Zweck eingespielt hatten, für Ewigkeiten Gema-Gebühren zu kassieren.

Um meinen Hunger zu stillen, reihte ich mich schließlich in eine Schlange von pubertierenden Oberstufenschülerinnen ein, die mit mir eine Fressbude belagerten, an der Lángos feilgeboten wurden. Obgleich mir die Erinnerungen an meinen morgendlichen Besuch in der Gerichtsmedizin noch immer schwer im Magen lagen, wagte ich es, ihm die ungarische

Hefeteigspezialität zuzumuten, schließlich musste das Leben ja irgendwie weitergehen.

»Ganz schön grell, die Klamotte mit den Pennern vorgestern«, meinte eine Blondine, die ein T-Shirt mit der Aufschrift *Ich Diva, Du Nix* trug.

»Jill und ihr Stecher haben die Session hardcore mitgekriegt«, wurde sie von einer ihrer Freundinnen unterrichtet.

Ich versuchte die Gnade der frühen Geburt mit Würde zu tragen und meine Ohren zu verschließen, bis ich an die Reihe kam.

Mit dem Lángos in der Hand setzte ich meinen Rundgang fort, der mich wie ferngesteuert an einen Bierstand führte. Nach zwei Warsteiner vom Fass sah ich ein, dass ich mir weder ermittlungstechnisch noch persönlich mit meinem Samstagausflug einen Gefallen getan hatte. Da es ohnehin schon später Nachmittag war, befand ich, dass ich genug gesehen und vor allem gehört hatte und machte mich auf den Heimweg, denn ich wollte noch ein Mittagsschläfchen halten, außerdem hatte ich für den frühen Abend eine halbdienstliche Verabredung in Lirich.

* * *

Angesichts der Obduktionsresultate sah ich keine andere Möglichkeit, als zur Erhebung eines Täterprofils fachärztlichen Beistand zu suchen. Meine Wahl fiel auf den Oberhausener Psychiater und Psychoanalytiker Doktor Molitor, der zwar zu den enervierendsten Zeitgenossen zählte, mir aber im Laufe der Jahre mit der einen oder anderen Stellungnahme völlig neue Dimensionen des Denkens eröffnet hatte. Um mich nicht der beklemmenden Atmosphäre seiner Praxisräume aussetzen zu müssen, hatte ich dem Vorschlag des exzentrischen Mediziners zugestimmt und mich mit ihm zu einem Spaziergang über den Liricher Friedhof verabredet. Nebenbei erhoffte ich mir von diesem Rundgang, dass die Stille auf dem Gelände helfen würde, meine Sinne für die Erläuterungen Molitors zu schärfen. Bereits am Telefon hatte er mir versichert, dass er den Fall von Leichendiebstahl aufmerksam in der Lokalpresse verfolgt hätte und nun einem Gedankenaustausch mit mir freudig entgegensehen würde.

Um neunzehn Uhr trafen wir uns am Haupteingang und spazierten von dort aus in Richtung der zentral gelegenen Totenhalle über das weitläufige Areal. Molitor hatte sich, trotz der drückenden Schwüle des Vorsommerabends, in einen zweireihigen, schwarzen Anzug gehüllt, dessen schwerer Stoff die Strahlen der tief stehenden Sonne auf bizarre Weise reflektierte, als ob er mit feinen Silberfäden durchwirkt gewesen wäre. Ich wusste nicht recht einzuschätzen, ob er sich bewusst so gekleidet hatte, dass von ihm eine schimmernde Aura ausstrahle, oder ob es sich um einen reinen Zufall handelte, fest stand auf jeden Fall, dass mich der Anblick seiner viel zu dicken Kleidung ins Schwitzen brachte. Er selbst jedoch schien wohltemperiert und bester Laune.

»Meine liebe Frau Fischer. Wie wunderbar, Sie zu sehen. Es ist ja eine Ewigkeit vergangen, seit wir das Vergnügen einer gemeinsamen Arbeit teilen durften«, begrüßte er mich freudestrahlend und reichte mir seine, im Sommer wie im Winter, stets schweißnasse Hand.

Ich überlegte einen Augenblick lang, bis mir einfiel, dass ich Molitor tatsächlich schon seit mehr als acht Monaten nicht mehr um Rat und Hilfe ersucht hatte, was ihn aber augenscheinlich nicht zu stören schien. »Herr Doktor. Ich habe Sie um ein Gespräch gebeten, weil es um bedeutend mehr geht als um den Diebstahl der drei Körper, die, wie Sie ja bereits wissen, wieder aufgefunden wurden.«

Er sah mich fragend und mit ungeduldigen Augen an.

»Es ist vielmehr so, dass die Obduktion ergeben hat, dass die Leichen sexuell missbraucht wurden«, fuhr ich nach einer kurzen Pause fort.

Molitor hob die Augenbrauen, schien aber sonst nicht weiter überrascht zu sein. »Welcher Gestalt war der Missbrauch?«, erkundigte er sich in einem beinahe beichtväterlichen Ton, der sich nur durch eine gewisse Unrast von dem eines lüsternen Paters unterschied.

»Wie es aussieht, wurden sie homosexuell missbraucht«, versuchte ich jene Einzelheiten auszusparen, die ich nach Sylvias vagen Andeutungen selbst nur hatte erahnen können.

»Nekrophilie, zumindest praktizierte, entspringt zumeist einem maskulin gefärbten psychosexuellen Trieb und wird sehr selten bei Frauen beobachtet«, erläuterte er mir.

»Beobachtet ist das Stichwort, Herr Doktor. Meine Kollegen und ich haben nicht die geringsten Hinweise auf den oder die Täter. Aus nachvollziehbaren Gründen können wir uns auch nicht an die Presse wenden und so die Öffentlichkeit um Mithilfe bitten.«

»Die Ursachen für ein solches Verlangen können in der Kindheit wurzeln und mitunter über Jahrzehnte im psychischen Apparat eines Menschen ruhen, ohne auch nur andeutungsweise hervorzutreten. Wenn sie dann jedoch, bitte verzeihen Sie mir angesichts der Umstände meine bildliche Sprache, gleich einem Vulkan eruptieren, kann die Begierde ihrer Auslebung hingegen um so dringlicher und zwanghafter werden«, dozierte er weiter, ohne meinen Erklärungen auch nur die geringste Beachtung geschenkt zu haben.

»Welche Wurzeln kann ein solches Verlangen haben?«, fragte ich und vermied es dabei, dem Wort Verlangen irgendein Adjektiv voranzustellen, um Molitors Erläuterungen nicht auf Abwege zu leiten.

»Wie bei jeder sexuellen Präferenz können Schlüsselsituationen zur Einpflanzung gereichen. Um zu ermitteln, welche Situation dies war, ist es unabdingbar, den betreffenden Patienten einer eingehenden Psychoanalyse zu unterziehen.«

»Einer solchen Psychoanalyse würde ich ohne Vorbehalte zustimmen, Herr Doktor, allein mir fehlt noch der Patient.«

»Es können bisweilen winzigste Kleinigkeiten sein, die zur Ausprägung eines solches Triebes gereichen. Dies kann zum Beispiel der Augenblick des endgültigen Abschieds von der aufgebahrten Großmutter, oder wie in unserem Falle wohl eher anzunehmen, vom aufgebahrten Großpapa sein. Ereignisse eben, die einen jungen Menschen erst viel später in seinem Leben in ihrer vollen sexuellen Dimension erfassen, ohne dass er freilich eine bewusste Verbindung zwischen Schlüsselerlebnis und Triebfeder herzustellen vermag. Wie bei allen sexuellen Abweichungen und Störungen steht in erster Linie die Wiederherstellung einer Situation im Vordergrund, die im Kindesalter erlebt wurde, beziehungsweise das Ungeschehenmachen dieser Situation, die in einem Augenblick prägend wurde, den wir nicht wieder zurückzuholen vermögen, meine liebe Frau Fischer.«

»Welche Schlüsselreize braucht ein Nekrophiler, damit seine Triebe erwachen?«, wollte ich wissen.

»Welche Reize benötigt ein Nichtnekrophiler, Frau Fischer?«, lautete seine Gegenfrage, die von einem Lachen begleitet wurde, das von Herzen zu kommen schien und sein wulstiges Zahnfleisch sichtbar machte.

»Na ja, Masochisten und Devoten kann zum Beispiel der Anblick von Reitstiefeln genügen, um amouröse Gelüste auszulösen. Aber wo um alles in der Welt riecht es denn nach Leichenwachs?«

»Wie bitte?«, fragte Molitor und wirkte dabei sichtlich irritiert.

»Wenn, wie Sie sagen, der Abschiedskuss, den ein Mensch in Kindertagen seinem aufgebahrten Großvater in einer Leichenhalle gab, der Schlüsselreiz sein soll, dann ist eine solche Wiedererweckung des Reizes doch nur möglich, wenn bestimmte Situationen, Bilder, Gerüche oder was sonst immer auf den Betroffenen einwirken. Und ich stelle mir eben vor, dass drei verunglückte Obdachlose schwer in das Schlüsselreizmuster aus Kindertagen zu integrieren sind«, erläuterte ich meine Gedanken, während wir die Totenhalle erreichten und kehrt machten.

Wieder lachte der Nervenarzt: »Sexuelle Prägung lässt sich in den seltensten Fällen anhand einfacher Mechanismen dekodieren. Es wäre zu schön, um wahr zu sein, wenn allein Gerüche oder Bilder ausreichen würden, um die physische Steuerung eines Menschen bloßzulegen. Wie leicht hätten es da die Kollegen, deren Aufgabe es ist, Pädophile zu heilen. Meine liebe Frau Fischer, ihre handfeste Weltsicht ist köstlich«, erklärte er mir.

»Aber ist es denn nicht so, dass gerade bei Päderasten das Ausleben von sexueller Macht eine große Rolle spielt, um Ihr Beispiel aufzunehmen, Herr Doktor.«

Molitor schaute mich fragend an.

»Ich meine, eine Leiche kann sich doch nicht gegen sexuelle Übergriffe wehren. Sie ist noch schutzloser als ein Kind«, erklärte ich ihm.

»Wir habe es beim Phänomen der Nekrophilie mit einer Schöpfungssehnsucht zu tun, meine Liebe Frau Fischer.«

»Schöpfungssehnsucht?«, wunderte ich mich.

»Ja, natürlich. Unser Täter erweckt aus einem Toten gleichsam seinen Adam und wird so zum allmächtigen Schöpfer, dies ist eine viel stärkere Triebfeder als die rein sexuelle Komponente. Ein Phänomen, das ich selber in einer Abhandlung über das narzisstische Größenselbst – unserer kostbarsten inneren Repräsentanz – einmal als Lazarussyndrom bezeichnet habe. Insofern, meine Liebe, ist die sexuelle Betätigung als solche an einer Leiche tatsächlich eher als Perversion zu sehen.«

»Ach so ist das«, sagte ich, als wir uns allmählich wieder dem Ausgangspunkt unser Wanderung näherten.

»Viel bedeutsamer hingegen ist der Raub der toten Leiber und das Spiel mit ihnen, welches im Erleben auf kindlich-regressivem Niveau stattfindet. Sie wissen ja, ein vierjähriges Mädchen erlebt im intensiven Spiel seine Puppe nicht als Gegenstand, sondern als belebtes Objekt. Und wollten Sie, meine liebe Frau Fischer, wenn Sie die Wahl hätten, darauf verzichten, Gott zu sein?!«, fuhr er fort.

»Ich bin Buddhistin, Herr Doktor«, antwortete ich zum Abschied, und mein inneres Größenselbst freute sich klammheimlich darüber, dass es seine Hülle dereinst durch Einäscherung einer Wiederbelebung als Spielobjekt ein für alle Mal entziehen würde.

Sonntag, 14. Juni

Den Sonntagnachmittag nutzten Andi und ich dazu, Bekir Özal einen Krankenbesuch abzustatten. Warum Andi mich begleitete, statt sich um seine Familie zu kümmern, konnte und wollte ich nicht in Erfahrung bringen. Neben einem Blumenstrauß nahm ich auch das von Frau Özal ausgeliehene Handy mit ins Josef-Hospital, den grünen Schwesternkittel hingegen hatte ich unwiederbringlich verlegt.

Özal war für einen Kassenpatienten beinahe vornehm in einem Einzelzimmer untergebracht, was ich darauf zurückführte, dass die Krankenhausverwaltung offenbar nicht nur Polizei-, sondern auch Pressebesuch beim Kirmesopfer erwartete. Der Junge machte einen recht zufriedenen Eindruck, trotzdem schien ihm der Messerstich noch immer gehörige Schmerzen zu bereiten, denn sein Gesicht war kreidebleich. Bei unserem Eintreffen sah er sich gerade eine Sportsendung in der ARD an.

»Hallo, da ist ja meine Lebensretterin«, sagte er mit echter Freude und griff nach der Fernbedienung, um Waldemar Hartmann aus dem Krankenzimmer zu verbannen.

Der Grat zwischen Lebensretterin und Thaischlampe schien dünn wie eine Messerschneide zu sein, dachte ich mir, verzichtete aber darauf, ihm seinen verbalen Fauxpas in Erinnerung zu rufen. »Schön zu sehen, dass es Ihnen wieder besser geht. Dies ist mein Kollege, Herr Ganster«, sagte ich stattdessen und legte die Blumen und das Telefon auf seinen Nachttisch.

»Wow, Sie haben sogar mein Handy mitgebracht, ich dachte schon, es sei für immer verloren.«

»Herr Özal, wie Sie sich sicher denken können, sind wir nicht rein privat hier«, setzte ich an.

»Bekir! Bitte nennen Sie mich Bekir. Sie haben mir doch das Leben gerettet.«

»Thi.«

»Wie bitte?«

»Ich heiße Thi.«

»Und ich heiße Ganster, oder Herr Kommissar, ganz wie Sie wollen, Herr Özal.«

Bekir wirkte viel zu glücklich darüber, den Anschlag überlebt zu haben, als dass ihn Andis Spitze hätte treffen können.

»Herzlich willkommen, Thi, herzlich willkommen, Herr Kommissar.«

Andi und ich zogen zwei Stühle heran und setzten uns ans Bett.

»Hast du eine Ahnung, wer die Kerle waren, die dich auf der Kirmes niedergestochen haben?«, fragte ich.

»Nein, ich habe sie an dem Abend zum ersten Mal gesehen.«

»Wie ist es denn zu dem Streit gekommen?«

»Die Glatzen haben uns als Kümmeltürken beschimpft und ruckzuck ergab ein Wort das andere. Ich weiß nicht einmal genau, wer von den Drecksschweinen mir das Messer in den Bauch gejagt hat.«

»Wir wissen noch immer nicht, wer deine Begleiter waren.«

»Ihre Freunde haben Sie ganz schön im Stich gelassen, Herr Özal«, versuchte Andi ihn zu provozieren.

Bekir überhörte Andis Bemerkung. »Es waren zwei Freunde von mir.«

»Namen und Adressen wären hilfreich. Vielleicht haben deine Freunde ja mehr gesehen als du.«

»Die können Ihnen auch nicht mehr sagen als ich. Es ging eben alles viel zu schnell.«

»Trotzdem wollen wir wissen, wer mit Ihnen auf der Fronleichnamskirmes war. Es kann ja wohl nicht so schwierig sein, sich daran zu erinnern, mit wem Sie dort waren.«

»Hören Sie, Herr Ganster oder Herr Kommissar oder was Ihnen eben besser passt, meine Freunde ziehe ich in diese Geschichte nicht mit hinein. Ist das klar?«

»Deine Tante war etwas kooperativer als du.«

»Was hat meine Tante mit der ganzen Sache zu tun?«

»Sie macht sich große Sorgen um dich. Von wem, glaubst du, habe ich dein Handy bekommen?«

Bekir versuchte sich im Bett aufzurichten, mit schmerzverzogenem Gesicht ließ er sich jedoch augenblicklich wieder auf den Rücken fallen.

»Dann wisst ihr ja bereits, mit wem ich auf der Kirmes war«, sagte er und legte erschöpft seinen rechten Unterarm über seine Augenpartie.

»Außer der Nummer von Doktor Hirnstein haben wir nur zwei Nummern von Prepaid-Handies auf deinem Telefon gefunden, und es würde uns schon interessieren, zu wem diese Nummern gehören.«

»Wie kommt ihr dazu, mein Handy zu durchschnüffeln?«

»Weil wir im Falle eines versuchten Tötungsdelikts ermitteln«, antwortete Andi ihm barsch.

»Die beiden Mobiltelefone sind seit letzter Woche abgestellt. Vielleicht befinden deine Freunde sich in großer Gefahr.«

»Also gut. Sie heißen Ömer Ötztürk und Erkan-Kaymaz. Sie wohnen beide auf dem Rechenacker. Aber sie haben mit der ganzen Sache wirklich nichts zu tun.«

»Was hast du mit Doktor Hirnstein zu tun?«

»Er ist ein Bekannter von mir. Ich kenne ihn über meine Tante.«

»Ich finde es schon bemerkenswert, dass der Arbeitgeber deiner Tante ermordet wird, seine Sekretärin spurlos verschwindet, ein Skinhead versucht, dich zu ermorden und dies alles in einem Zeitraum von weniger als vierundzwanzig Stunden. Wundert dich das nicht auch ein wenig?«

»Nicole Rating ist verschwunden?«, fragte Bekir erschrocken und versuchte sich dabei von seinem Krankenlager zu erheben, was er aber, wohl wegen seiner Schmerzen, gleich wieder aufgab.

»Spurlos«, bestätigte Andi kalt.

Bekir atmete tief durch. »Ihr müsst sie unbedingt finden. Sie würde niemals einfach so abhauen«, sagte er und wirkte dabei völlig verstört.

»Kennst du Nicole näher?«, wollte ich wissen.

»Sie ist ein nettes Mädchen und die rechte Hand vom Pielecke«, brachte er neben einem Stöhnen heraus, von dem ich nicht recht wusste, ob es von seiner Verwundung oder seiner Panik herrührte.

»Nun mal der Reihe nach: Doktor Hirnstein ist ein Duzfreund von Ihnen, Nicole Rating eine Bekannte, und Pielecke ist für Sie ja auch kein unbeschriebenes Blatt. In welcher Beziehung stehen Sie zu Doktor Hirnstein?«, fragte Andi in wenig charmantem Ton.

»Thomas Hirnstein ist ein guter Freund von mir. Nicht mehr, aber auch verdammt nicht weniger.«

»Trotzdem er ein Naziautor ist?«, fragte ich.

»So ein Quatsch. Thomas schreibt verschrobene Bücher über U-Bootkapitäne. Schlachten des Zweiten Weltkriegs und anderes dummes Zeug. Jedem Tierchen sein Pläsierchen. Thomas ist ein verdammt feiner Kerl. Aber sagt mir nun endlich, was mit Nicole los ist. Hat man sie entführt? Habt ihr schon eine Spur?«

»Ihr Vater hat eine Vermisstenanzeige aufgegeben. Eine Sache, die uns eigentlich nicht interessieren würde, wenn Frau Ratings Chef nicht am gleichen Tag ermordet worden wäre«, erklärte Andi.

Bekir Özal begann am ganzen Leib zu zittern.

»Mach dir keine Sorgen, Bekir. Wir werden Nicole schon finden«, versprach ich und wunderte mich im selben Augenblick, woher ich diese Zuversicht nahm.

»Ich weiß, Thi, du bist eine Heldin. Aber hoffentlich kommst du nicht zu spät«, erwiderte er und ließ sich mutlos auf sein Bett zurückfallen.

Andi und ich verließen das Zimmer, ohne uns von Bekir verabschiedet zu haben.

»Der Junge weiß doch viel mehr, als er uns erzählt hat«, fluchte Andi, als wir auf den Flur traten.

»Da liegst du bestimmt richtig. Die Frage ist nur, warum erzählt er uns nichts?«

»Hast du dir die Namen seiner Freunde gemerkt?«, fragte Andi.

»Ömer Ötztürk und Erkan-Kaymaz. Aber ich glaube nicht, dass wir von denen viel mehr erfahren.«

»Ich gehe die beiden auf jeden Fall besuchen.«

»Kannste ja gerne machen. Ich rufe sie erst einmal auf ihren Festnetzanschlüssen an. Bis später auf der Kirmes.«

* * *

Den letzten Kirmesabend wollten Andi und ich dazu nutzen, uns noch einmal auf dem Festplatz umzusehen. Was wir uns davon versprachen, wussten wir selbst nicht so recht. Vielleicht war allein der Umstand, dass einer unserer Tatorte am nächsten Morgen vollständig abgebaut und auf Lastwagen verladen sein würde, die Triebfeder unseres Besuchs, vielleicht war es aber auch pure Langeweile. Das bevorstehende Abschlussfeuerwerk, das von den Machern als Höhepunkt der Jahrmarkttage deklariert wurde, reizte weder mich noch ihn. Beide hatten wir uns fest vorgenommen, noch vor dem Abschuss der ersten Rakete wieder in Alt-Oberhausen beziehungsweise an Christa Ostermanns Theke zu sein.

Eine halbe Stunde vor unserer Verabredung an einem Autoskooter fand ich mich in Sterkrade ein. Das sonntägliche Publikum unterschied sich kaum von dem am Vortag. Überall wimmelte es von mehr oder weniger angetrunkenen Jugendlichen. Einer inneren Stimme folgend zog es mich zum verunfallten Karussell der Hebeisens, dessen Besuch ich bei meiner letzten Stippvisite ausgelassen hatte, weil ich mit der Betrachtung der Verunglückten auf Sylvias Tischen ohnehin schon bedient gewesen war. Nun aber fühlte ich mich stark genug, den Ort des grausigen Geschehens noch einmal in Augenschein zu nehmen. Das Fahrgeschäft war mit etlichen hundert Quadratmetern grüner Plastikfolie umspannt und mit Absperrbändern des Ordnungsamtes und der Feuerwehr umzäunt. Eine Sicherungsmaßnahme, die wohl nicht von jedermann respektiert wurde, wie mir zahlreiche Urinpfützen entlang der Kunststofffolie bewiesen.

»Ja, so kann es gehen, Frau Fischer. Vor wenigen Tagen herrschte hier noch Frohsinn«, vernahm ich die traurig und verbittert klingende Stimme Udo Hebeisens hinter mir.

Ich verkniff mir die Frage danach, was ihn fröhlich gestimmt haben mochte, und drehte mich wortlos um.

»Meine Frau und ich sind ruiniert«, fuhr er fort.

Ich zuckte innerlich zusammen. Hebeisen schaute aus, als sei er auf den Tod erkrankt. Nie zuvor in meinem Leben hatte ich einen gebrocheneren Mann gesehen. Innerhalb der wenigen Stunden seit unserer ersten Begegnung schien er um Jahre gealtert. Seine vormals jugendliche Frische war wie weggewischt. An ihre Stelle war ein maskenhaftes, graues Gesicht getreten, das mich an die Geisterbahnfiguren in seinem Wohnzimmer erinnerte.

»Sind Sie hergekommen, um Abschied zu nehmen?«, fragte ich.

Er nickte.

»Was wird nun aus Ihrem Fahrgeschäft?«, wollte ich weiter wissen, ärgerte mich aber, kaum dass ich die banale Frage ausgesprochen hatte, über meine eigene Instinktlosigkeit.

»Das sollen andere entscheiden«, antwortete er, begleitet von einem mutlosen Achselzucken.

»Ich wollte gerade einen kleinen Kirmesbummel beginnen.«

»Einen besseren Führer können Sie nicht bekommen«, sagte er mit einem bitteren Lächeln.

Langsamen Schrittes setzten wir uns in Marsch. Hebeisen schien nicht allein psychisch, sondern auch physisch vollkommen ermattet. Im Jahrmarktrummel wirkte das menschliche Wrack deplaziert. Unser Weg führte uns von der stillgelegten Teufelsschleuder zunächst zu einer Zuckerwattebude, deren Betreiber einen Moment lang inne hielt, als er uns an seinen Arbeitsplatz kommen sah.

Hebeisen zeigte ihm die ausgestreckten Zeige- und Mittelfinger seiner rechten Hand, woraufhin er sich beeilte, die Bestellung zu erledigen.

»Schon gut, Udo«, sagte der Händler etwas verlegen, als Hebeisen sein Portemonnaie aus der Hosentasche zog.

Mit der Zuckerwatte auf der Hand setzten wir unseren Rundgang fort. Ich fühlte mich merkwürdig berührt, gemeinsam mit dem Schausteller zu flanieren, hatte ich doch das Gefühl, ihn nicht nur auf seiner Abschiedstour über die Kirmes, sondern auch aus seinem Leben zu begleiten. Ich ignorierte die Blicke der Besucher, die mich an seiner Seite wohl für einen Katalogeinkauf aus Fernost hielten.

»Ich habe meine Jungs gestern entlassen«, setzte Hebeisen mit kaum hörbarer Stimme unsere Unterhaltung fort.

Ich verschluckte mich beinahe an der Zuckerwatte, befürchtete ich doch, dass er damit zugleich wichtige Zeugen in alle Himmelsrichtungen verstreut hatte. »Sind Ihre Jungs denn schon abgereist?«

»Ich nehme es an.«

»Schade, ich hätte gern vor ihrer Abreise mit ihnen gesprochen.«

»Was gibt es da noch zu reden, Frau Fischer? Was geschehen ist, haben meine Frau und ich zu verantworten.«

»Das ist doch gar nicht sicher, Herr Hebeisen.«

»Die Teufelsschleuder war unser Fahrgeschäft. Es hat drei unschuldige Menschen das Leben gekostet. Dies ist für meine Frau und mich Anlass genug, die Verantwortung zu übernehmen.«

Mein Blick fiel auf meine Armbanduhr, die mir zeigte, dass der Verabredungszeitpunkt am Autoskooter allmählich heranrückte.

»Ich muss zum Autoskooter, Herr Hebeisen.«

»Skootern ist eine gute Idee, Frau Fischer«, meinte er.

Als wir uns am Treffpunkt einfanden, schritt er zum Kassenhäuschen und wurde dort mit ähnlicher Betroffenheit empfangen wie zuvor an der Fressbude. Da ich Hebeisen nicht kränken wollte, stieg ich mit gemischten Gefühlen zu ihm in den Wagen. Mit uns fieberten sieben andere Hobbyrennfahrer dem Start entgegen, von denen keiner älter als Mitte zwanzig war. Kaum hatten sich die Elektrogefährte in Bewegung gesetzt, erlebte ich einen völlig ausgetauschten Menschen. Zwar blieb er wortkarg, bekam aber wieder Farbe, und seine Lebensgeister schienen hellwach. Mein Selbstmordkandidat mutierte binnen weniger Sekunden zu einem wahren Schumi und pilotierte die Kirmeskarre meisterlich über das Parkett. Ich kam aus dem Staunen nicht mehr heraus, denn ich hatte es nicht für möglich gehalten, dass eine solch simple Einrichtung einen erwachsenen Menschen derart begeistern konnte, erst recht nicht jemanden in seiner seelischen Verfassung.

Als der Skooter zu Stillstand gekommen war, erblickte ich einen verstört dreinschauenden Andi, der sich zu fragen schien, ob nun auch ich unter die Wahnsinnigen gefallen war. Ich entschuldigte mich bei Hebeisen, kletterte aus dem Fahrzeug und überließ es ihm, weitere Runden allein zu drehen.

»Was war das denn für eine Nummer?«, wollte Andi wissen.

»Das war Kirmesspaß pur. Hast du die Freunde von Bekir Özal erreicht?«, fragte ich weiter.

»Ja, habe ich. Aber die schweigen wie Gräber. Ich glaube nicht, dass von denen viel in Erfahrung zu bringen ist«, antwortete Andi. »Ich glaube, wir sollten ...«, fuhr er fort.

»Ich glaube, wir sollten nun ein paar Kirmesbierchen kippen. Ich habe nämlich eine ganz andere Idee im Fall Özal«, unterbrach ich ihn und machte mich auf, die erste Rutsche König Pilsener zu besorgen.

3. Kapitel

Nach der Kirmes

Montag, 15. Juni

Für Polizisten kann es zuweilen nützlich sein, am Ort ihrer Kindheit, Jugend und Schulzeit im Einsatz für die Gerechtigkeit zu sein. Zu Wochenbeginn beschloss ich, meiner Schulfreundin Caroline Gladow einen Besuch abzustatten. Sie hatte nach dem Abitur Medizin studiert und betrieb nun in Alstaden eine naturheilkundliche Arztpraxis, was sich in ihrem äußeren Erscheinungsbild dahingehend manifestierte, dass sie ihre Patienten nicht im Ärztekittel, sondern in Jute und indische Gewänder gehüllt zur Sprechstunde empfing. Zwar war ich nicht so naiv zu glauben, dass sie mich von meinem Schnupfenleiden heilen würde, wünschte mir aber, dass sie irgendein Mittelchen aus einem ihrer Mahagonischränkchen ziehen würde, das mir zumindest etwas Linderung verschaffen konnte. Ganz nebenbei hegte ich die Hoffnung, ein wenig mehr über die Person des Proktologen Thomas Hirnstein zu erfahren, der ja immerhin ein Kollege von Caroline war.

»Was war Hirnstein denn für ein Typ?«, fragte ich, während sie mittels eines Stethoskops meine Lunge abhorchte.

»Er war eigentlich ein armes Schwein. Wir haben zusammen studiert. Er war kein schlechter Kollege oder etwa ein Streber. Dies zu behaupten, wäre falsch und gemein. Aber er war als Student einer von den Typen, die nirgends Anschluss fanden und sich überall vergeblich anbiederten«, erklärte sie mir.

»Wusstest du, dass er schwul ist?«

Caroline lachte laut auf. »Wem dies entgangen wäre, dem hätten alle sechs Sinne gefehlt. Thomas war die Ausgeburt der Homophilie. Die Tucke vom Dienst, wenn du so willst.«

»Na ja, ums Schwulsein geht es mir auch gar nicht. Vielmehr interessiert mich, was er so getrieben hat, welche Freunde er hatte und so weiter. Du verstehst schon.«

»Ich hatte privat nicht allzu viel mit ihm zu tun. Aber im Kollegenkreis wird halt viel geklatscht.«

»Her mit dem Klatsch.«

»Okay«, begann sie mit einem genüsslichen Lächeln. »Seine Eltern sind vor gut einem Jahr kurz nacheinander gestorben. Das war für ihn das Signal, richtig aufzuleben, denn er hatte bei seinen Alten rein gar nix zu melden. Die haben ihn gehalten wie ein kleines Kind. Sein Vater hat ihm sogar vorgeschrieben, wie er seine Praxis einzurichten habe. Seine Mutter war noch schlimmer, sie war nämlich 'ne Ostzonale, wenn du verstehst, was ich meine.«

»Du meinst eine von drüben, so richtig von der übelsten Sorte?«

»Ganz genau. Sie hat wohl schon in den Sechzigern rübergemacht, aber du weißt ja, wie solche sind, die ändern sich nie, Wende hin oder her.«

»Und bei einer solchen Mutter hatte Thomas dann erst recht nix zu melden?«

»So war es. Die Alte war Musiklehrerin. Sie hat Thomas zum Ballett und zum Geigenunterricht getrieben. Vielleicht hat er deshalb später angefangen, diese fürchterlichen Bücher zu schreiben.«

»Du meinst, die Alten haben ihn schwul gemacht?«

»Kann ich so nicht sagen. Fest steht aber, dass ihm ein Stein vom Herzen gefallen ist, als seine Eltern in die Grube gefahren sind. Er hat sofort sein Haus und seine Praxis umbauen lassen und seinen Bekannten geheiratet. Sein Über-Ich ist wohl mit seinen Alten beerdigt worden. Er hat es von da an genossen, mit den großen Hunden pinkeln zu können«, berichtete sie weiter, wobei sie das Wort »Bekannten« nasal betonte.

»Hat er denn das Bein so hoch bekommen? Ich meine in finanzieller Hinsicht.«

»Seine Praxis lief gut. Er konnte sich ja auch eine Motoryacht auf dem Baldeneysee leisten. Das Boot ist für diesen Tümpel viel zu protzig«, stänkerte sie munter weiter.

»Was hat denn sein Ehemann beruflich gemacht?«

»Früher hatte er ein Pöstchen beim Finanzamt, seit der Heirat hat er dann als Sprechstundenhilfe in der Praxis gearbeitet.«

»Als Arzthelfer?! So etwas habe ich noch nie gehört.«

»Ist in der Bundesrepublik wohl auch einmalig. Aber zurück zu den großen Hunden: Thomas sieht sich als großer Publizist und Historiker. Er hält dauernd irgendwelche Vorträge in Golfclubs, bei den Rotariern und überall dort, wo Leute mit Geld herumspringen. Wenn du mich fragst, ist der Typ durch und durch mit Minderwertigkeitskomplexen versehen.«

»Glaubst du, dass er Nazi ist?«

»Ich glaube eher, dass Thomas einem Männlichkeitswahn hinterher hechtet. Ist wohl alles Frucht seiner Erziehung als Ballett- und Geigenschüler. Hätte seine Mutter ihm erlaubt, mit 'ner Spielzeugpistole zu spielen, würde er heute nicht solchen Schund publizieren«, sagte sie mit einem Grinsen. »Deine Lungen sind in Ordnung«, fuhr sie fort.

»Du hältst ihn also für ungefährlich?«, vergewisserte ich mich.

»Psychisch schwer gestört, aber im Grunde lieb. Willst du ein Attest?«

»Eigentlich möchte ich keinen Schnupfen mehr haben.«

»Dann musst du dich noch zwei Wochen gedulden«, meinte sie und entließ mich aus der Sprechstunde.

* * *

Am Nachmittag nahm ich mir die Zeit, meine Post durchzuschauen. Dabei fiel mir auch ein eingeschriebener DIN-A4-Umschlag mit dem Absenderstempel Dieter Broms in die Hände. Offenbar hatten mich meine persönliche Befindlichkeit, der Schnupfen und die Hektik des Polizeidienstes vergessen lassen, dass ich Dieter bereits am Tag nach der Messerstecherei in meinem Büro erwartet hatte. Zwar musste ich mir eingestehen, über sein Ausbleiben alles andere als traurig gewesen zu sein, fragte mich aber trotzdem, was ihn dazu bewogen haben mochte, meiner Dienststelle mehr als eine halbe Woche lang fernzubleiben.

Durch das braune Papier ertastete ich einige großformatige Fotos und vermutete, dass es sich um Abzüge irgendwelcher Pressebilder handeln könne, die ihn und mich auf der Fronleichnamskirmes zeigten. Da mir für solcher Art von Späßen aber die Zeit fehlte, legte ich das Kuvert beiseite und widmete mich wieder meinen dienstlichen Tätigkeiten, die zunächst darin bestanden, die Kaffeemaschine in Gang zu setzen und einen Blick in die WAZ zu werfen.

Kaum hatte ich mich in den Sportteil vertieft, betrat Andi das Büro. »Hast du schon gehört, was deinem Freund Brom widerfahren ist?«, fragte er mit einem schadenfrohen Grinsen.

»Nein! Ich habe meine Post noch nicht geöffnet. Ist er etwa nach dem Intermezzo auf der Kirmes für den Film entdeckt worden?«

»Nicht ganz, meine liebe Frau Kommissarin, nicht ganz. Er konnte sich mit seiner Rolle als Rummelplatzheld nicht bescheiden und trieb sich gestern Abend wieder an seiner Ruhmesstätte herum. Die Streunerei ist ihm allerdings alles andere als gut bekommen. Man hat ihn nämlich krankenhausreif geschlagen. Ob er mit Bekir Özal ein Zimmer teilt, vermag ich dir allerdings nicht zu sagen; nur für den Fall, dass dich die Sehnsucht nach deinem Lieblingskunden augenblicklich zu einem Krankenbesuch aufbrechen lässt.«

Die Nachricht traf mich wie ein Schlag. Ich ahnte sofort, dass die Vermöbelung Dieters im Zusammenhang mit einem unserer Fälle stehen musste. Wie von der Tarantel gestochen sprang ich von meinem Stuhl und riss den Umschlag auf.

Andi schaute mir verwundert dabei zu.

»Hat es ihn schwer erwischt?«, wollte ich wissen, während ich drei Fotos und einen handgeschriebenen Zettel auf die Schreibtischfläche schüttete.

»Keine Ahnung. Ich habe nur eben auf der Wache gehört, dass man ihn gestern übel in die Mangel genommen hat.«

»Sieh dir mal an, was Dieter mir heute mit der Post zukommen ließ«, erklärte ich mein hektisches Benehmen und zeigte ihm die Bilder, auf denen zwei Skinheads vor einem Hauseingang zu sehen waren.

»Da soll noch einmal jemand sagen, Herr Brom sei ein Spinner. Sind das etwa die Kerle, die den Türken niedergestochen haben?«, fragte er, verbunden mit einem anerkennenden Flöten, wie ich es bis dahin nur aus alten französischen Gangsterfilmen kannte. Gott sei Dank verkniff er sich aber weitere Laute und Gebärden, die mich länger an Lino Ventura oder Jean Gabin hätten erinnern können.

»Ja, das sind eindeutig die Glatzen von der Kirmes. Ich erkenne sie wieder. Nun weiß ich auch, warum er sich in den letzten Tagen so rar gemacht hat.«

»Du meinst also, unser Freund hat klammheimlich seine ganz eigenen Ermittlungen angestellt?«, fragte Andi.

»Davon können wir wohl ausgehen. Und wie es aussieht, hat er verdammt gute Arbeit geleistet.«

»Ja, das muss man neidlos anerkennen. Schande über uns. In der Messerstechergeschichte haben wir uns ja nun wirklich bis dato nicht gerade mit Ruhm bekleckert«, pflichtete Andi meiner Einschätzung bei.

»Mit Ruhm vielleicht nicht gerade, aber was das Bekleckern angeht, so kann ich mich beim besten Willen nicht beklagen«, versuchte ich seine Metapher zu maßregeln, denn urplötzlich erschienen vor meinem geistigen Auge jene Bilder wieder, auf denen ich mich bis zu den Ellbogen in Bekir Özals Blut und Eingeweiden versinken sah.

Andi hatte sich derweil das Schreiben gegriffen und begann, die Worte Broms laut vorzulesen:

»Hochzuehrende Frau Kommissarin Fischer,

bedingt durch meine eigene berufliche Tätigkeit, bin ich an Ihrer momentanen Arbeitsbelastung wohl nicht ganz unbeteiligt. Ich habe mir daher die Freiheit genommen, Sie ein wenig im Rahmen meiner bescheidenen Möglichkeiten zu unterstützen und die Ermittlungen im Fall der Messerstecherei in meine eigenen erfahrenen Hände zu nehmen. Die beigefügten und von mir erstellten Lichtbilder zeigen die Täter.

Da ich Sie jedoch nicht in Ihrer Berufsehre kränken möchte und in Ihrem Jagdeifer auch nicht einzubremsen gedenke, überlasse ich es Ihnen und Ihren Kollegen, den Aufenthaltsort der Amateure selbst zu ermitteln. Sollten Ihre Anstrengungen bis zum nächsten Samstag nicht von Erfolg gekrönt sein, werde ich die Trittbrettfahrer richten.

Auf gute Zusammenarbeit,

Ihr Dieter Brom«

Wir mussten lachen.

»Ja, der Aufenthaltsort der Glatzen ...«, murmelte Andi, nachdem er den Brief mit nachdenklicher Miene wieder zurück auf den Schreibtisch gelegt hatte.

»Sieht ja nicht danach aus, als ob die in einer Villengegend hausen würden. Ich tippe eher auf ein Asiviertel oder, wie es neudeutsch heißt, auf einen Stadtteil mit Erneuerungsbedarf«, schätzte ich den Entstehungsort der Fotos ein, auf denen neben den Personen nicht mehr zu erkennen war als die heruntergekommene Fassade eines zweigeschossigen Altbaus, dessen Entstehen ich in die Zwischenkriegsjahre datierte.

Ratlos blickten wir auf die Fotografien. Um die Identifizierung des Gebäudes besonders schwierig zu gestalten, hatte Dieter mir Schwarzweißabzüge geschickt.

»Sollen wir ihm den Gefallen tun und ins Krankenhaus fahren, um ihn zu befragen?«, wollte ich von Andi wissen, verwarf diesen Gedanken aber, kaum dass ich ihn ausgesprochen hatte.

»So weit kommt es noch«, empörte er sich mit gekünstelter Erregung. »Ich zeige die Bilder mal den Kollegen vom Jugenddezernat. So wie die Glatzen aussehen, dürfen sie dort bestimmt Stammgäste sein. Spätestens morgen sitzen die im Bunker«, fuhr er fort und machte sich sogleich auf den Weg.

* * *

Nachdem ich meinen Kollegen den ganzen Nachmittag über nicht mehr zu Gesicht bekommen hatte, machte ich mich am frühen Abend auf, um im Haus Ostermann den ereignisreichen Tag bei einigen kühlen Bierchen Revue passieren zu lassen. Sollten Andis Recherchen im Jugenddezernat erfolgreich verlaufen sein, würde er mir ohnehin an den Tresen folgen.

Bei meinem Eintreffen war der Laden schon reichlich gefüllt, und ich konnte mir nur mit Mühe einen Hocker in Zapfhahnnähe sichern. Wie nicht anders zu erwarten, war die versammelte Thekenmannschaft in hitzige Diskussionen über den Mord an Pielecke und die Vorfälle auf der Sterkrader Kirmes vertieft. Mein Kommen hatte offensichtlich niemand von den Stammgästen bemerkt, was mich zumindest für die ersten Augenblicke davon befreite, Dienstgeheimnisse auszuplaudern oder für die Argumente der einen oder anderen Diskutantenfraktion Partei ergreifen zu müssen.

»Du kannst mir erzählen, was du willst. Der Unfall war kein Unfall«, drang die habichtartige Stimme Kartoffel-Rainers an mein Ohr, der seit Urzeiten auf dem Altmarkt einen Gemüsestand betrieb und dessen Nachnamen kein Mensch kannte. Rainer war eigentlich ein feiner Kerl, der jedem Sonderpreise machte, an der Theke stets freigiebig war, jedoch wegen seiner stark abgenutzten Marktschreierkehle zu den gefürchtetsten Gesprächspartnern unter den Besuchern des Hauses Ostermann zählte. Ich kannte ihn seit zwei Jahrzehnten, in denen er sich optisch kein bisschen verändert hatte. Nach wie vor sah er aus wie ein Mittsechziger, was mir zu der Vermutung Anlass gab, dass er entweder zu den Untoten zu rechnen war, oder eben zu jener Spezies Mensch zählte, die niemals Kind war, mit vierzig aussieht wie sechzig und hochbetagt als optisch Ewigsechzigjähriger in die ewigen Jagdgründe eingeht. Ob Rainer eine Glatze oder einen Haarschopf trug, vermochte auch niemand zu bestimmen, denn ich kannte keinen Menschen, der ihn je ohne seine speckige Lederkappe gesehen hatte.

»Und was sollte es dann gewesen sein, wenn kein Unfall?«, wurde Rainer von Discount-Willi, dem Betreiber eines EDEKA-Marktes, gefragt, der wie sein Zwillingsbruder aussah, sich jedoch für etwas Besseres hielt, weil er seine Waren nicht unter freiem Himmel feilbieten musste, und der sich von Rainer allein durch eine tiefere Stimmlage und einen

Cordhut unterschied. Gekleidet waren beide in kurzärmlige, dunkelblaue Trevirahemden und braune Gabardinhosen, was ihnen den zeitlosen Chic der Freizeitkollektion Frühjahr/Sommer 1963 verlieh.

»Weil es mit den Kirmesersatzteilen eben genauso ist wie mit den Flugzeugersatzteilen. Das ganze Zeug wird in China oder Russland nachgemacht. Wenn in Usbekistan 'ne Tupolev vom Himmel fällt oder in Taiwan 'ne Boeing, dann liegt es doch immer daran, dass ein gefälschtes Teil eingebaut wurde. Und nun verrate du mir mal, warum die Ersatzteilmafia nicht schon längst auch die Kirmes erobert haben sollte, wenn die von einer Boeing 737 bis zum Bosch-Hammer alles nachmachen.

»Größeren Blödsinn habe ich noch nie gehört. Gefakte Fahrgeschäftsersatzteile. Das kann doch nicht dein Ernst sein, Rainer«, warf Willi ein.

»Der Chinese hat alles in Griff, mein Jung: Darauf kannste ein'n lassen. Aber wenn du mir nich glauben willst, dann frag doch die Thi. Die wird dich schon erzählen, welche Verbrecher da aufe Kirmes rumlaufen«, erklärte Rainer, und wie zur Bestätigung seiner eigenen Worte schüttete er sich einen Schnaps in den Rachen.

Ich zuckte augenblicklich zusammen, weil ich durch die Erwähnung meines Namens befürchtete, von beiden erspäht worden zu sein, stellte dann aber beruhigt fest, dass es sich bei »frag doch die Thi« wohl um eine Floskel gehandelt hatte, denn Rainer und Willi setzten ihr Gespräch fort, ohne meinen fachkundigen Rat eingeholt zu haben.

»Heute ein König«, ging es mir durch den Kopf, als das erste König Pilsener des Tages meine von Schnupfen und Heiserkeit gepeinigte Kehle durchfloss und ich endlich wieder einen jener Momente auskosten durfte, in denen mir meine Körpergröße zum Vorteil gereichte.

»So sterben Nazis, mein Lieber, so sterben sie«, vernahm ich aus einer anderen Ecke, und obgleich sich alle Gespräche um mich herum um meinen Dienstalltag drehten, begann ich mich heimisch zu fühlen und schaltete ab.

Als nach dem dritten Bier jeglicher Stress von mir abzufallen begann, erschienen Paul und Andi im Laden. An Andis strahlender Miene erkannte ich sogleich, dass seine Unterredung mit den Kollegen vom Kinderprogramm ein Erfolg gewesen sein musste.

»Na, Frau Kollegin, alles frisch?«, begrüßte er mich.

»Kann nicht klagen. Wie war es bei dir?«

»Die Glatzen sind keine Unbekannten und schon des Öfteren durch massive Gewalt und andere nicht stubenreine Verhaltensweisen aufgefallen«, unterrichtete er mich, während er Christa Ostermann durch ein Handzeichen verdeutlichte, dass sowohl er als auch Paul kurz vor dem Verdursten standen.

»Habt ihr sie schon hopp genommen?«, wollte ich wissen.

»Na klar, dass haben die Kollegen vom Jugenddezernat übernommen. Sie glauben, dass sie für die Sache zuständig sind. Die Kollegin Wartmann wollte sich die Verhaftung nicht nehmen lassen«, berichtete Andi.

»Oh, Gott, wenn die Glatzen in der Obhut von Mütterchen Milde sind, kommt ja noch einiges auf uns zu«, argwöhnte ich und bestellte mir sogleich ein weiteres Bier.

»Du kannst sie dir morgen früh ja mal in aller Ruhe selbst ansehen«, fuhr Andi mit einem süffisanten Grinsen fort, das ich nicht recht zu deuten wusste, von dem ich aber glaubte, dass es etwas mit meinem ganz speziellen Verhältnis zu Claudia Wartmann zu tun haben musste, deren Auffassung von polizeilicher Arbeit von meiner um Lichtjahre entfernt war. Zunächst war ich aber mal froh darüber, die Skinheads hinter Schloss und Riegel zu wissen.

»Hast du dir eigentlich schon einmal Gedanken über eine Ersatzteilmafia gemacht?«, fragte ich Andi.

Er schaute mich ungläubig an und hob mein Bierglas vom Pappdeckel, um die Striche zu zählen. »Sind doch erst drei Pils«, sagte er.

»Ich meine, ob du dir vorstellen kannst, dass unsere drei Heimbewohner Opfer einer russischen oder einer chinesischen Ersatzteilmafia geworden sind?«

»Fliegen Obdachlose etwa Tupolev oder Antonov?«, fragte Paul, verbunden mit einem markerschütternden Lachen.

Andi und ich taten, als ob wir nichts gehört hätten.

»Die Kriminaltechnik hat ihre Untersuchungen noch nicht abgeschlossen. Glaubst du etwa, dass der Unfall auf der Kirmes etwas mit Materialfake zu tun haben könnte?«, fragte Andi, während wir uns zu dritt von der Theke aus in Richtung des einzigen freien Ecktisches begaben.

»Ich bin mir nicht sicher, soweit ich in Erfahrung gebracht habe, werden die Fahrgeschäfte vom TÜV mit Argusaugen beobachtet. Aber man weiß ja nie«, antwortete ich, als wir am Tisch Platz nahmen.

»Das ist absoluter Schwachsinn. Der Markt für Achterbahnen, Riesenräder, Autoskooter und sonstigen Kirmeskram ist viel zu klein und viel zu speziell, als dass er eine Nische für gefälschte Teile bieten könnte«, erklärte Paul, während er genussvoll in eine Mettwurst biss. »Solche Fahrgeschäfte werden von spezialisierten Ingenieurbüros und Technikbetrieben beliefert, die auch die Wartung der Anlagen übernehmen. Da kommt kein Chinesenfinger dazwischen. Solche Unternehmen kann man nicht mit Volkswagen, Rolex, Hugo Boss oder Adidas vergleichen«, fuhr er mit vollem Mund fort.

»Was hat denn die Spurensicherung am Unfallort überhaupt ergeben?«, wollte ich von ihm wissen.

»Wie es aussieht, ist ein Stift gebrochen. Dabei kann es sich um einen Materialfehler handeln. Man muss nicht immer und überall böse Absichten unterstellen. Unglückliche Umstände, wenn du so willst. Wie das Wort Unfall schon sagt: ein Fall, der eigentlich nicht eintreten dürfte, es aber doch dann einfach tut«, antwortete er.

»Es kann sich aber genauso gut um Sabotage handeln, oder?«, fragte ich.

»Sabotage, Nazis, Geheimdienste, was immer du willst. Ich glaube aber, dass einfach nur ein Sicherungsstift gebrochen ist. So wie Bremsleitungen reißen, wenn ein Auto auf einen Stau zurast, oder Zigaretten nicht mit dem Einschlafen ihrer Raucher erlöschen wollen und so weiter.«

»Den Schaustellern geht es wirtschaftlich nicht besonders gut. Da kann es doch sein, dass sie die eine oder andere Reparatur an ihren Karussellen selbst vornehmen. Ich glaube jedenfalls nicht daran, dass es ein unglücklicher Zufall gewesen ist«, sagte Andi.

»Und was macht dich so skeptisch?«, fragte Paul fast gleichzeitig mit dem Herunterkippen eines Steinhägers.

»Der Umstand eben, dass die Fronleichnamskirmes in diesem Jahr unter keinem guten Stern steht. Am Tag der Eröffnung wird Pielecke ermordet, gleichzeitig verschwindet seine Sekretärin, am Abend wird Bekir Özal niedergestochen, dann sterben drei Menschen auf einen Schlag beim Abriss einer Karussellgondel, anschließend werden ihre Leichen geklaut und geschändet. Ich glaube einfach nicht an so viele Zufälle.«

»Nun ist die Kirmes doch zu Ende, zumindest für dies Jahr. Warten wir mal ab, welche Überraschungen uns im nächsten Jahr ins Haus stehen werden«, sagte Paul grinsend und machte sich daran, seinem schweren Leib die zweite Mettwurst zuzuführen.

»Na ja, morgen früh sehen wir uns erst einmal die Skins genauer an. Damit ist dann ein Fall zumindest schon abgeschlossen«, versuchte ich Andis Stimmung etwas aufzuhellen.

»Vergesst nicht, die Glatzen zu fragen, ob sie Pielecke auf dem Gewissen haben und gern an Karussells herumspielen«, spottete Paul.

»Ich würde deinen Humor gern teilen, Paul. Aber Andi hat schon nicht ganz unrecht. Wenn es sich um einen Unfall handeln würde, dann hätte doch wohl kaum jemand die Leichen gestohlen, oder?«

»Gelegenheit macht eben Diebe«, lautete Pauls Statement.

»Nein, nein. Hinter der Karussellgeschichte steckt viel mehr, als wir uns im Augenblick vorstellen können. Ich wette darauf, dass die technische Untersuchung der verunfallten Gondel uns ganz neue Erkenntnisse liefern wird. Ihr werdet schon noch sehen, dass es Mord war«, sagte Andi.

»Du meinst, jemand manipuliert ein Kirmeskarussell, hofft darauf, dass Menschen, nach Möglichkeit erwachsene Männer, darauf tödlich verunglücken, um sich danach an ihren Leichen zu vergehen? Dass wäre aber eine ziemlich große Menge an Unwägbarkeiten, mit denen unser Täter dann jonglieren müsste«, versuchte ich Andis Fantasie etwas zu bremsen.

»Hast du etwa eine bessere Erklärung?«, wollte er wissen.

Ich entschied mich dafür, auf diese Frage nicht zu antworten, hielt mich für den Rest des Abends zurück und überlegte, ob es nicht doch klüger gewesen wäre, ich hätte auch ohne Alex den Griechenlandurlaub angetreten.

Dienstag, 16. Juni

Am heimischen Frühstückstisch wurde ich per Handy über den Fund einer weiblichen Leiche im Hiesfelder Wald informiert. Die Kollegen von der Schutzpolizei hatten, so wurde mir telefonisch versichert, nichts angerührt, und würden auf Andis und meine Ankunft warten. Obgleich die Tote noch nicht identifiziert war, wusste ich instinktiv, dass es sich nur um die vermisste Nicole Rating handeln musste.

Hastig kippte ich meinen Kaffee herunter und machte mich auf, um zusammen mit Andi den Fundort zu inspizieren. Kaum zwanzig Minuten nach dem Anruf waren wir vor Ort.

»Ein Spaziergänger hat sie vor etwa einer Stunde gefunden«, unterrichtete uns ein junger Schupo, dem die Geschichte offensichtlich ordentlich zugesetzt hatte, denn außer diesem Satz beschränkte sich seine Instruktion allein darauf, mit dem Zeigefinger der rechten Hand auf eine etwa zwanzig Meter vom Wanderweg entfernte Grube im Waldboden zu weisen und sich sodann mit unsicherem Schritt seinem Streifenwagen zu nähern, vor dem sein Kollege mit dem Zeugen stand.

»Hoffentlich haben diese Amateure nicht alle Spuren zertrampelt«, flüsterte Andi mir zu.

»Ich wette, die haben noch nicht einmal einen Blick in die Grube geworfen«, erwiderte ich, als wir uns der Fundstätte näherten.

Bereits auf halbem Weg stieß uns ein bestialischer Verwesungsgeruch entgegen, von dem ich annahm, dass er Andis schnupfenfreier Nase erheblich penetranter zusetzte als meinem mit Nasivin behandelten Riechkolben. Als wir schließlich vor dem Erdloch standen, war außer einem unbekleideten und unbeschuhten Bein, das aus einer Schicht von Laub und Reisig herausragte, nichts weiter zu sehen.

»Wir warten besser auf Paul und sein Team«, schlug Andi vor.

»Wie es aussieht, ist die Mulde nicht frisch gegraben. Ich schätze, unser Täter hat das erstbeste Versteck gewählt, hastig Laub und Strauchwerk über der Leiche verteilt und sich dann davongemacht. Ich will mich nicht festlegen, aber wie es scheint, haben wir es hier mit einem Triebtäter zu tun. Was meinst du?«, fragte ich Andi.

»Das glaube ich auch. So wie er sein Opfer versteckt hat, musste er ja damit rechnen, dass es nicht lange dauern würde, bis es gefunden wird.«

»Ich gehe mal davon aus, dass dies Nicole Rating ist«, sagte ich, während wir uns auf den kurzen Rückweg zu den uniformierten Kollegen machten.

»Ach du liebe Scheiße. Das hätte uns gerade noch gefehlt. Aber wundern würde es mich auch nicht gerade«, entgegnete Andi, verbunden mit einem Stoßseufzer.

Kaum hatten wir uns zu den Schupos und ihrem Zeugen gesellt, traf auch schon das Team der Spurensicherung ein. Paul Pfannkuche hatte Sylvia gleich mitgebracht, beide trugen weiße Kunststoffoveralls.

Während Andi ihnen eine Einweisung gab, machte ich mich daran, die Umstände des Fundes in Erfahrung zu bringen.

»Dies ist Herr Rinne, er hat die Tote gefunden«, stellte der zweite Schupo den Zeugen vor, den ich auf Mitte vierzig schätzte – Typ sportlicher Angestellter im mittleren Management. An einer Hundeleine führte er einen Jack-Russell-Terrier.

»Na ja, eigentlich hat Emil ihn ja gefunden«, erklärte Herr Rinne nicht ohne Stolz und zeigte dabei auf seinen Hund, der gerade damit beschäftigt war, die Schnürsenkel seines Herrchens zu zerbeißen. »Stimmt's Emil?«, fuhr er fort.

Rinne war mir augenblicklich unsympathisch. Er war einer jener Zeugen, wie sie mir immer wieder begegneten. Er schien zu glauben, dass ich an seinem Köter größeres Interesse hatte als an seiner Zeugenaussage.

»Hat Emil ihnen erzählt, was er gefunden hat?«, fragte ich, um ihm zu verdeutlichen, dass mich Fakten und keine Hundegeschichten interessierten.

»Emil hat wohl Witterung aufgenommen und dann damit begonnen, im Laub zu graben. Als er nicht mehr damit aufhörte und auf mein Rufen auch nicht reagierte, bin ich zu der Stelle gegangen, um ihn anzuleinen. Dabei sah ich dann das Bein und habe gleich die Polizei alarmiert«, erklärte er, und sein Blick verriet mir dabei, dass er mich wohl ebenso widerlich fand wie ich ihn.

»Haben Sie etwas angefasst?«, wollte ich wissen.

»Für wen halten Sie mich?«

Ich ersparte ihm eine Antwort, erklärte ihm stattdessen, dass er seine Adresse bei den Kollegen von der Schutzpolizei zu hinterlegen habe, und begab mich dann zurück an den Fundort, wo Paul und seine Helfer gerade damit beschäftigt waren, die Leiche freizulegen.

»Du hattest recht. Es ist Nicole Rating«, sagte Andi.

Ich antwortete ihm nicht.

Sylvia und ich schauten auf den nackten Körper. Obgleich er schon im beginnenden Verwesungszustand war, konnte man deutlich erkennen, dass es sich um Nicole handelte.

»Eine völlig nackte Leiche. So etwas ist auch bei einem Sexualdelikt nicht alltäglich«, erklärte Sylvia und hob nachdenklich die Augenbrauen.

»Ihre Sachen liegen hier. Gleich unter ihr«, rief Paul uns zu, während er sich von einem seiner Assistenten eine Spiegelreflexkamera in die Grube reichen ließ.

»Hast du irgendwelche Ausweispapiere gefunden?«, wollte ich von ihm wissen.

»Ausweis, Führerschein und irgendwelche Kundenkarten liegen hier überall verstreut. Sieht nach einem Raubmord mit gleichzeitigem sexuellen Missbrauch aus, oder nach einem Sexualmord mit anschließendem Raub. Lass mich noch ein paar Fotos machen, und dann kann ich dir erzählen, wer das arme Mädchen hier einmal war.«

»Was meinst du, wie lange sie schon hier liegt?«, fragte ich Sylvia.

»Das ist auf Anhieb nicht so einfach zu sagen. Vom ersten Augenschein her vermute ich mal, nicht länger als eine Woche und nicht weniger als fünf Tage.«

»Das kommt hin«, sagte Andi.

»Ihr meint also, dass Nicole Rating und ihr Chef am selben Tag ermordet wurden?«, wollte Sylvia wissen.

»Ich hoffe, du wirst uns das sagen können«, antwortete ich.

»Na ja, eins kann ich dir jetzt schon sagen, nämlich dass sich der Todeszeitpunkt auch nach einer abgeschlossenen Obduktion bestimmt nicht exakt festlegen lässt. Bitte versuche erst gar nicht, mich auf ein paar Stunden festzunageln.«

»Los, lass uns hier abhauen, der Gestank ist ja unerträglich«, sprach Andi durch ein vor den Mund gehaltenes Tempotaschentuch.

»Ist schon okay, ihr könnt abhauen. Alle Infos gebe ich euch später auf dem Präsidium«, entließ uns Paul.

»Ich glaube nicht an Zufälle. Der Mörder von Pielecke ist auch der von seiner Sekretärin«, sagte Andi, als wir im Auto saßen.

»Das glaube ich auch. Ich frage mich nur, warum er uns die Leiche von Pielecke in einem Rennwagen präsentiert und die andere Leiche stümperhaft unter Reisig im Wald versteckt. Ich bin gespannt darauf, ob der Wald auch der Tatort war.«

»Ich schätze eher, dass wir es mit einer Tätergruppe zu tun haben. Pielecke ist in seiner Wohnung ermordet worden, unwahrscheinlich, dass Nicole Rating und ihr Boss am selben Ort und zur selben Stunde getötet wurden. Da waren mehrere Täter beteiligt.«

»Du meinst eine Art konzertierte Aktion zwischen hetero- und homosexuell perversen Triebtätern?«, vergewisserte ich mich.

»Ja. Und zwar mit dem Ziel, irgendetwas zu verschleiern. Wenn bei Pielecke nichts geklaut wurde, bei Nicole Rating aber das Portemonnaie durchwühlt wurde, dann weist dies doch überdeutlich darauf hin, dass wir es mit mindestens zwei Tätern zu tun haben, die vielleicht sogar im Auftrag eines dritten gehandelt haben.«

»Oder jemand möchte, dass wir genau dies denken. Auf jeden Fall müssen wir uns im Verlag genauer umschauen. Ich glaube, dass der Schlüssel zur Lösung dieses Falles irgendwo dort zu suchen ist.«

* * *

Bevor wir uns in die Ermittlungen stürzen konnten, fiel Andi und mir die traurige Pflicht zu, Herrn Rating vom Mord an seiner Tochter zu informieren.

»Sagst du es ihm?«, hatte Andi mich bereits im Auto gefragt, und obgleich er von mir keine Antwort erhalten hatte und für den Rest der Fahrt jeder seinen eigenen Gedanken nachhing, war seine Frage überflüssig. Warum es immer an mir war, die Rolle des Totenvogels zu spielen, konnte ich nicht einmal mir selbst erklären. Ich hatte mich im Laufe der Dienstjahre einfach daran gewöhnt und versuchte auch jetzt, mir ein paar passende Worte zurechtzulegen. Dabei erinnerte ich mich an das merkwürdige Telefongespräch, was es mir aber nicht gerade leichter machte, mich auf die schwierige Aufgabe vorzubereiten.

Die Ratings wohnten in einer spießigen Reihenhaussiedlung im Herzen Buschhausens. Ihr Haus war das acht- oder neuntletzte von etwa drei Dutzend und lag auf der Südseite einer zur Spielstraße erklärten Sackgasse. Wie immer, wenn ich solche Mittelstandsgettos betrat, drängte sich mir die Frage auf, wie die Bewohner nach durchzechter Nacht wohl herausfinden, für welchen der schmucken Kästen sie Haustürschlüssen und Kreditvertrag ihr Eigen nennen. Beim Einparken wurden wir misstrauisch von einer jungen Mutter beäugt, die ihren Nachwuchs beim Ballspiel bewachte. Als wir uns dem Vorgarten näherten, warf ich einen Blick auf die Häuserzeile der Nordseite und glaubte dort hinter mindestens vier Fenstern Schatten zu erkennen.

Andi klingelte und trat danach gleich einen Schritt zurück. Nach weniger als einer halben Minute wurde uns geöffnet.

»Herr Rating?«, vergewisserte ich mich.

»Haben Sie Nicole endlich gefunden?«, lautete die Gegenfrage eines spindeldürren und graumelierten Mittsechzigers.

»Mein Name ist Fischer, wir haben am Mittwoch miteinander telefoniert, Herr Rating. Das ist mein Kollege Herr Ganster«, sagte ich.

Mit einer weitschweifigen Handbewegung bat Rating uns herein. Trotz der alles überschattenden, beklemmenden Situation musste ich mir eingestehen, selten einem unsympathischeren Menschen gegenübergestanden zu haben. Aus dem Augenwinkel beobachte ich Andi; ihm schien es nicht anders zu ergehen. Ratings Haut wirkte, als wäre sie von einer hauchdünnen Schicht brauner Theaterschminke bedeckt, und obgleich meine Erkältung mir beide Nasenlöcher betäubt hatte, machte er auf mich den Eindruck, als gehe ein angeborener, übler Geruch von ihm aus. Seine Kleidung tat ein Übriges, um den schlechten Eindruck zu unterstreichen, denn sie bestand aus einem giftgrünen, kimonoartigen Seidengewand, das mit allerlei asiatischen Schriftzügen bestickt war.

»Was ist mit Nicole?«, wiederholte er seine Frage, während wir ihm durch einen mit Eichenholz getäfelten Korridor ins Wohnzimmer folgten.

»Sie ist tot, Herr Rating. Wir haben ihre Leiche heute Vormittag im Hiesfelder Wald gefunden.«

»Tot?«, fragte er mit einer seltsamen und zugleich festen Stimme, wie ich sie bei einer solchen Gelegenheiten nie zuvor gehört hatte, und die so klang, als ob ihn meine Worte überhaupt nichts angingen.

Ich war mehr als überrascht: Zum einen reagieren Angehörige bei der Überbringung von Todesnachrichten in der Regel entweder apathisch oder schockiert, und zum andren erstaunte mich diese Reaktion ausgerechnet bei ihm, der noch eine Woche zuvor auf das Verschwinden seiner Tochter beinahe psychopathisch reagiert hatte.

»Sie ist ermordet worden«, fuhr ich fort.

»Wie ich es erwartet habe«, sagte er und nahm auf einem weinroten Ledersessel Platz.

Andi und ich standen etwas verloren im Raum. Beide wussten wir nichts weiter zu sagen, während Rating vor sich hinstarrte.

»Haben Sie einen Verdacht, wer Ihre Tochter getötet haben könnte?«, fragte Andi nach einer Weile, die von unerträglicher Stille diktiert war.

»Pielecke, wer denn sonst?!«, antwortete Rating beinahe höhnisch.

Andi räusperte sich. »Das ist ausgeschlossen, Herr Rating. Zum Zeitpunkt ihrer Ermordung war Pielecke bereits tot«, erklärte er.

Rating nahm von Andis Aussage keinerlei Notiz. Er saß kerzengerade in seinem Sessel und vermied es, uns anzublicken.

Ich sah mich im Zimmer um. Der Raum machte auf mich nicht den Eindruck, als sei er das Zentrum kleinfamiliärer Idylle. Einzig die lederne Sitzgarnitur war europäischen Ursprungs, alle anderen Möbelstücke wirkten fernöstlich beziehungsweise arabisch und passten gar nicht ins kleinbürgerliche Ambiente des Eigenheims.

»Wann kann ich meine Tochter beerdigen?«, fragte er.

»Wir geben Ihnen Bescheid, sobald ihre Leiche freigegeben ist«, antwortete Andi.

Ohne uns von Pielecke zu verabschieden, verließen wir ihn.

»So etwas habe ich noch nie erlebt«, sagte Andi, als er den Wagen startete.

»Ich auch nicht. Er hat nicht einmal danach gefragt, unter welchen Umständen Nicole zu Tode kam.«

»Was hältst du davon, dass er Pielecke für den Mörder hält?«

»Das kann ich mir nur mit einem Schockzustand erklären. Letzte Woche am Telefon sprach er noch davon, dass Nicole sich im Verlag sehr wohl gefühlt habe.«

»Ich hätte mich gern im Haus umgeschaut. Wie wohl Nicoles Zimmer aussieht?«

»Ich glaube nicht, dass uns das weiterbringt. Wenn du mich fragst, hat Nicole ihren Mörder nicht gekannt.«

»Wir müssen uns Bekir Özal noch einmal vornehmen. Ich glaube, der Junge weiß viel mehr über Nicole, als er uns erzählt hat.«

»Das glaube ich auch, aber erzählen wird er uns wohl nichts.«

* * *

Unser nächster Ermittlungsschritt führte uns wieder ins Verlagshaus Pielecke, wo alle Arbeiten auf Sparflamme zu laufen schienen, denn außer der nervenschwachen Blondine war weit und breit niemand im weitläufigen Parterre auszumachen. Ich vermochte nicht zu beurteilen, ob die gespenstische Ruhe von der sommerlichen Hitze herrührte oder im tragischen Ableben des Verlagsinhabers wurzelte.

»Hallo Frau Fischer, hallo Herr Ganster. Unser Herr Vogelsang hat bis zur Klärung des Nachlasses die Verlagsleitung übernommen. Darf ich Sie bitten, mir zu folgen?«, schwadronierte sie los und machte sich sogleich daran, uns durch einen langen Korridor zu führen. Wir verzichteten darauf, sie von der Ermordung Nicoles in Kenntnis zu setzen, und hefteten uns schweigend an ihre Fersen.

Vor einer schweren Eichentür mit der Aufschrift *Geschäftsführung* hielt sie an, klopfte kurz an und steckte, ohne ein »Herein« abzuwarten, ihren Kopf ins Zimmer. »Herr Vogelsang! Frau Fischer und Herr Ganster von der Mordkommission für Sie«, meldete sie uns an und verschwand sogleich.

Andi und ich tauschten irritierte Blicke aus, dann traten wir ein.

Der Geschäftsführer wollte partout nicht zum rechtsorientierten Verlagsprogramm passen. Er war Anfang sechzig, trug schulterlanges, graues Haar und wirkte wie einer jener Althippies, denen man noch bis weit in die Neunziger Jahre auf Inseln wie Bali, Jamaika oder Ibiza begegnen konnte. Sein braungebranntes Gesicht war von etlichen Falten überzogen, und seine hellgrünen Augen leuchteten intelligent und freundlich. Ein kunterbuntes Hawaiihemd komplettierte seine Erscheinung als übriggebliebener Flower-Power-Anhänger. Dass er als Mörder ausschied, war uns sofort klar, denn Vogelsang saß in einem Rollstuhl.

»Was kann ich für Sie tun?«, wollte er wissen und deutete uns mit einer Handbewegung an, auf einer roten Ledersitzgarnitur Platz zu nehmen.

Das großflächige Büro war funktional und behindertengerecht eingerichtet. Neben den Polstermöbeln war der Raum nur mit einem Schreibtisch sowie mit einigen hüfthohen Aktenschränken möbliert. An den holzvertäfelten Wänden hingen einige Dutzend Bilder, die den Sunnyboy als Bergsteiger und Fassadenkletterer in schwindelerregenden Höhen zeigten. Einzig ein mit handschriftlicher Widmung und Trauerflor versehenes Schwarzweißfoto des Kärntner Landeshauptmanns Jörg Haider verdeutlichte uns seine wahre politische Gesinnung.

»Herr Vogelsang, wir haben heute Vormittag Nicole Ratings Leiche gefunden. Alles deutet darauf hin, dass Frau Rating einem Sexualverbrechen zum Opfer gefallen ist.«

Vogelsang verlor sämtliche Gesichtsfarbe. »Damit hätte ich nun nicht gerechnet«, sagte er und fuhr hinter seinem Schreibtisch hervor, um näher zu Andi und mir zu rücken.

»Wir haben Grund zu der Annahme, dass beide Morde in Beziehung zueinander stehen«, sagte ich.

»Aha. Und was lässt Sie dies vermuten?«, wollte er wissen.

»Zunächst einmal die einfache Tatsache, dass Frau Rating die rechte Hand Ihres Chefs war.«

»Und was noch?«, fragte er mit pseudointellektuellem Unterton, der vermutlich ein Überbleibsel seiner Zeit in den Seminarräumen der Frankfurter Schule war.

»Reicht es Ihnen nicht, dass sowohl Ihr Verleger als auch Ihre Vorgesetzte ermordet wurden?«, stichelte Andi.

»Frau Rating war nicht meine Vorgesetzte«, korrigierte ihn Vogelsang und bewegte seinen Rollstuhl dabei einige Meter über das spiegelglatte Parkett zurück.

Andi grinste zufrieden.

»Was war sie dann?«, fragte ich.

»Sie war die Sekretärin von Herrn Pielecke.«

»Was mich wundert, ist der Umstand, dass sich eine Frau mit ihrem Bildungsweg mit einem solchen Posten zufrieden gab.«

»Was wundert Sie daran, Frau Fischer? Nicole Rating hat gleich nach der Schule eine Ausbildung bei uns begonnen und hat es recht schnell geschafft, bei Herrn Pielecke positiv aufzufallen. Seit einem Jahr machte Sie ihm das Büro.«

»Herr Rating hat mir die Lebensgeschichte seiner Tochter etwas anders geschildert.«

»Der alte Rating war unser Hausmeister. Eigentlich ein lieber Kerl, aber alle auf der Latte hatte er nie. Nicole war seine Prinzessin. Da wundert es mich nicht, dass er Ihnen seine Träumereien für bare Münze verkauft hat. Und sie sind drauf reingefallen. Trösten Sie sich, Frau Fischer, Sie sind nicht die Erste.«

»Was können Sie uns über Herrn Pielecke erzählen?«

»Herr Pielecke lebte sehr zurückgezogen. Er war nicht gerade der Mann, der in Gesellschaft seine Bestätigung suchte.«

»Hatte er Freunde?«

»Um offen zu sein, hier im Verlag gewiss nicht. Er war als Chef zwar sehr korrekt, aber nicht unbedingt beliebt.«

»Haben Sie ihn gemocht, Herr Vogelsang?«

»Nein. Aber ich habe ihn respektiert. Und ich habe ihn gewiss nicht ermordet.«

»Standen Frau Rating und Herr Pielecke sich sehr nahe?«

»Wie darf ich Ihre Frage verstehen, Frau Fischer?«

»Meine Kollegin möchte gern wissen, ob Ihr Chef ein sexuelles Verhältnis mit seiner Sekretärin unterhielt«, sagte Andi.

»Nein. Auf gar keinen Fall. Herr Pielecke interessierte sich nicht für Frauen.«

»Für Männer?«, fragte Andi.

»Schon eher. Ich glaube aber, dass er gar keine Sexualität auslebte.«

»Wir müssen davon ausgehen, dass beide Morde im Zusammenhang stehen, Herr Vogelsang«, erklärte ich ihm.

»Mag sein. Ich kann mir aber nicht vorstellen, dass die Motive in unserer Arbeit hier im Verlag zu suchen sind.«

»Haben Frau Rating und Herr Pielecke öfter nach Feierabend weitergearbeitet?«

»Nein, das kam nie vor. Nicole war die Letzte, die kam und die Erste, die ging«, antwortete Vogelsang schmunzelnd.

»Können Sie uns etwas über das Privatleben von Nicole erzählen?«

»Sie hat nie viel über sich erzählt. Offen gestanden hat sie mich auch nicht besonders interessiert.«

»Gibt es hier im Verlag jemanden, der Nicole näher kannte?«

»Nein, sie hatte hier keine Freunde. Frau Rating war sehr verschlossen. Auch wenn es für Sie angesichts der Umstände ihres Todes zynisch klingen mag: Sie war recht zugeknöpft.«

»Hatte sie einen Freund oder Lebensgefährten?«

»Keine Ahnung.«

»Welches Aufgabenfeld umspannte die Tätigkeit von Frau Rating?«

»Sie war die Tippse von Pielecke, nicht mehr, aber auch nicht weniger.«

»Sie können sich also nicht vorstellen, dass die Morde in irgendeinem Zusammenhang mit den hier publizierten Schriften stehen?«, fragte Andi.

»Etwa im Zusammenhang mit dem Scheißdreck, den wir verlegen und drucken?! Wo denken Sie hin?«

»Ich muss zugeben, dass mich Ihr Programm auch nicht gerade aus den Schuhen haut, aber immerhin verlegen Sie ja nicht ganz stubenreines Schrifttum«, antwortete ich.

»Ach was, wir bedienen nur einen Markt. Mit unseren Büchern und Tonträgern lassen wir alte Männer in Erinnerungen schwelgen.«

»Und spornen einige junge Männer an«, warf Andi ein.

»Können junge Männer lesen, Herr Ganster?«

»Doktor Hirnstein ist einer Ihrer Erfolgsautoren, sehe ich das richtig?«

»Ja, er ist ein sehr guter Militärhistoriker und Biograph.«

»Was schreibt er denn so?«

»Er liefert uns jedes Jahr einen Spartenbestseller. Meist sind es Biografien von Generälen oder Ritterkreuzträgern. In diesem Jahr ein umfassendes Werk über Joachim Schepke.«

»Muss man den kennen?«, fragte Andi spöttisch.

»Sie wahrscheinlich nicht. Aber ich möchte Sie nicht ungebildet entlassen. Schepke war der jüngste U-Boot-Kommandant des zweiten Weltkrieges; Hirnstein hat sein Leben und Wirken meisterlich dargestellt.«

»Wer liest so etwas?«, setzte Andi nach.

»Gebildete Männer. Keinesfalls die Mörder von Herrn Pielecke oder Frau Rating.«

»Übernehmen Sie es, Ihre Kollegen vom Tod Nicoles in Kenntnis zu setzten?«, fragte ich zum Abschied.

»Bevor ich dies Ihrem Kollegen überlasse, gern, Frau Fischer.«

Als wir aus seinem Büro traten huschte das Blondchen in Windeseile davon. Zwar wusste ich nicht, ob sie unser Gespräch belauscht hatte, ging aber davon aus, dass ihr Ohr die ganze Zeit über am Eichenportal geruht hatte.

* * *

Am späten Nachmittag kamen wir endlich dazu, die Skinheads in Augenschein zu nehmen. Die Tatsache, dass sich die Messerstecher in der Obhut der Jugenddezernatsleiterin Claudia Wartmann befanden, machte ihre Vernehmung aber alles andere als einfach. Schon vor langer Zeit hatte ich es aufgegeben, mich zu fragen, warum sie den Polizeidienst anstelle einer Laufbahn als Kindergärtnerin oder Gesamtschullehrerin gewählt hatte. Claudia war eine jener Frauen, die vorgaben, keinen Mann zu benötigen, und unterstrich dies auch durch Kleidung, Frisur und angefutterten Körperbau. Hinter vorgehaltener Hand wurde sie von den Kollegen nur Mütterchen Milde genannt, denn sie stand im Ruf, stets das Gute im Menschen zu sehen und sogar zu finden; eine humanistische Betrachtungsweise, die jedoch allein für jugendliche Straftäter, nicht aber für deren Opfer galt. Zusammen mit den zwei Glatzen erwartete sie uns in einem spartanisch eingerichteten Vernehmungszimmer in der ersten Etage des Präsidiums.

»Das sind die Jungs, Jan und Tobias«, sagte Claudia, als ob sie uns zwei Konfirmanden vorstellen wollte.

Die Jugendlichen gaben sich alles andere als verschüchtert. Ihre knallrot gefärbten Ohren deuteten aber darauf hin, dass sie unter erheblicher Anspannung standen. Mit verschränkten Armen saßen sie an der Längsseite eines rechteckigen Tischs nebeneinander und blickten zur Zimmerdecke. Beide waren im üblichen sommerlichen Skinheadoutfit mit weißen, unbeschrifteten T-Shirts uniformiert. Obwohl ich nur ihre Oberkörper sehen konnte, war mir klar, dass sie verwaschene Jeans und Springerstiefel trugen. Beide glichen sich wie ein Ei dem anderen. Hätte ich sie auf der Kirmes nicht unter solch dramatischen Umständen zu Gesicht bekommen, wäre mir ihre Identifizierung unmöglich gewesen.

Andi und ich setzten uns zu dem Trio an den Tisch.

»Ihre Namen interessieren mich einen Scheißdreck. Ich will wissen, wer von den Mistböcken den Türken niedergestochen hat, und zwar ein bisschen plötzlich. Es ist ja schon schlimm genug, dass wir mit diesem Abschaum ein Zimmer teilen müssen«, stellte Andi klar.

Die Glatzen wurden augenblicklich hellwach. Erschrocken sahen sie zu Mütterchen Milde.

»So geht es aber nicht, Herr Ganster«, versuchte Claudia ihn zu maßregeln, wobei ihre Stimmlage mich stark an die einer erregten Gesine Schwan erinnerte.

»Wir sind hier nicht im Sowi-Leistungskurs, Frau Wartmann. Hier geht es um versuchten Mord«, gab Andi barsch zurück.

»So kann ich mit deinem Partner aber nicht arbeiten, Thi.«

»Hat er die Kleinen etwa verstört?«, fragte ich, verbunden mit einem Achselzucken. Claudias madonnenhafter und zugleich fassungsloser Blick traf mich. Nur unter größten Anstrengungen konnte ich ein Lachen unterdrücken. »Und nun zu euch. Wie ihr euch bestimmt erinnert, haben wir uns ja bereits am Mittwoch auf der Kirmes gesehen«, richtete ich das Wort an die Skins, ohne dabei in ihre ausdruckslosen Gesichter zu schauen.

»Das können Sie uns nicht anhängen«, sagte einer der beiden.

»Das will ich euch auch gar nicht anhängen. Anhängen werde ich euch den versuchten Mord an Bekir Özal, die gefährliche Körperverletzung zum Nachteil von Dieter Brom sowie den vollendeten Sexualmord an Nicole Rating. Den Kirmesbesuch lasse ich dann unter den Tisch fallen. Was haltet ihr davon, ist das ein Angebot nach eurem Geschmack?«

»Du Scheißkanakin«, brüllte die andere Glatze und schlug dabei mit der Faust auf den Tisch.

»Und weil ihr schon groß seid, schickt der Onkel Richter euch dafür lebenslänglich in den Knast. Ihr kommt beide auf dieselbe Zelle, zusammen mit rumänischen Hütchenspielern, russischen Berufsmördern und kurdischen Drogendealern. Kinder, wird das eine schöne internationale Familie«, unterstützte Andi mich.

»Mord?«, fragte Claudia entgeistert.

»Ja, wir haben allen Grund dafür, anzunehmen, dass deine beiden Schützlinge auch für den Mord an einer jungen Frau verantwortlich sind. Ihre Leiche wurde heute früh entdeckt. Vielleicht haben sie auch den Verleger Robert Pielecke auf dem Gewissen«, stapelte ich hoch.

Die beiden Skinheads standen kurz davor aufzuspringen.

»Ihr bleibt sitzen und haltet eure Schnauzen, es sei denn, ihr wollt ein Geständnis ablegen«, herrschte Andi sie an.

»Habt ihr das wirklich getan?«, fragte Claudia und legte einem der Skins dabei ihre rechte Hand auf die Schulter.

»Die Alte spinnt doch total«, antwortete einer, während der andere seinen Blick wieder Richtung Decke lenkte.

»Hast du die Kanaillen erkennungsdienstlich behandeln lassen?«, wollte ich von Claudia wissen.

»Ihre Fingerabdrücke und Lichtbilder haben wir in der Kartei. Das habe ich Herrn Ganster doch gestern schon berichtet.«

Andi schlug die Hände über dem Kopf zusammen.

»Das bedeutet, dass Sie keine Hausdurchsuchung und auch keine Spurensicherung an der Kleidung vorgenommen haben? Bitte sagen Sie mir jetzt, dass Sie nur versäumt haben, Thi und mich davon in Kenntnis zu setzen.«

»Aber Sie haben doch gestern selbst gesagt, dass ...«, stammelte sie.

»Sie nehmen zwei gefährliche Gewaltverbrecher aus der rechtsextremen Szene fest, die beide unter dem dringenden

Verdacht des versuchten Mordes stehen, und verabsäumen dann eine intensive Spurenanalyse? Ist meine Beobachtung so richtig, Frau Wartmann?«, brüllte er sie an.

»Aber woher sollte ich denn wissen ...«

»Haben Sie wenigstens die Computer dieser Analphabeten sichergestellt?«, fuhr Andi mit zorniger Stimme fort.

Claudia schüttelte verschämt den Kopf. Die beiden Skins grinsten dummfrech.

»Stiefel und Klamotten ausziehen. Die Unterhosen könnt Ihr anbehalten«, befahl Andi.

Das Grinsen verschwand von ihren Gesichtern.

Ohne Claudia weiter zu beachten, überwachte Andi den abturnenden Striptease.

»Sie können nun zurück in ihre Zellen. Frau Fischer und ich werden nun eine Hausdurchsuchung vornehmen. Und Gnade Ihnen Gott, Frau Wartmann, wenn der Salon dieser Intellektuellen in der Zwischenzeit gefegt worden sein sollte«, brüllte er Claudia an. »Und du sammelst die Haute Couture dieser Penner auf und bringst sie umgehend zur KTU«, sagte er zu mir und verließ wutschnaubend den Raum.

Ich klopfte Claudia auf die Schulter.»Lass die beiden abführen und bring mir dann zwei schöne saubere Plastiktüten«, sagte ich und wusste nicht, ob mich der Anblick der Halbnackten oder Claudias Gesichtsausdruck mehr amüsierte.

»Sollen wir sofort los?«, fragte ich Andi, als ich unser Büro betrat.

»Wohin?«

»Zur Hausdurchsuchung und Spurensicherung, wohin denn sonst?«

»Ach was, ich habe Paul und seine Jungs in Marsch gesetzt. Du glaubst doch wohl nicht, dass ich mich freiwillig der Hölle eines Pumakäfigs aussetze«, antwortete er noch immer wutgeladen.

»Das war aber ein ganz schöner Auftritt vorhin bei Claudia. Das hast du wirklich gut gemacht«, lobte ich ihn.

»Unabhängig davon, dass die Olle so etwas dringend mal zu hören bekommen musste, ärgert mich ihre Unprofessionalität ungemein.«

»Du glaubst, die zwei Glatzen haben auch Nicole getötet?«

»Keine Ahnung, aber möglich ist es durchaus. Immerhin haben sie Bekir Özal niedergestochen. Und wenn du mich fragst, steckt irgendein Antreiber und Hetzer hinter der Tat. Sieh dir die Blitzbirnen doch an. Meinst du etwa, dass sie von selbst auf irgendeine Idee kommen können? Solche Leute brauchen geistige Ziehväter, Leute, die ihnen sagen, was sie zu tun und zu lassen haben.«

»Nun, mein lieber Freund, wenn du dich in der Neonaziszene so gut auskennst, dann kannst du mir bestimmt auch verraten, wie dort die Befehls- und Kommandostrukturen funktionieren«, versuchte ich Andi zu hänseln.

Andi schien meinen süffisanten Unterton nicht bemerkt zu haben. »Du bleibst wohl für alle Ewigkeit im letzten Jahrhundert stehen. Auch wenn die Glatzen noch so blöde sind: Mit dem Internet können selbst die umgehen.«

»Also läuft es nicht mehr so wie damals in der Wehrsportgruppe Hoffmann?«, fragte ich in provozierend naiver Tonlage.

»Wir haben es heute mit einem Europa-umspannenden Netzwerk zu tun. Die Nazis bekommen ihre Einsatzbefehle über Internetforen und via E-Mail«, dozierte er weiter.

»Und so etwas funktioniert sogar im Ruhrpott?«

Andi guckte mich genervt an.

»Und wer gibt Ihnen solche Einsatzbefehle?«

»Meist irgendwelche selbsternannten Führer, mitunter auch Altnazis.«

»Und du glaubst, dass unser Verleger Pielecke einer dieser Ziehväter ist?«

»Zuzutrauen wäre es diesem Altnazi auf jeden Fall.«

»Spinn weiter, ich gehe Kaffee trinken«, verabschiedete ich mich und ließ einen im Zimmer auf und ab stiefelnden Andi zurück.

* * *

Als Beamtin der Mordkommission gewöhnt man sich im Laufe der Dienstjahre zwangsläufig daran, die Stätten furchtbarster Verbrechen aufzusuchen und stets zu den Ersten zu gehören, die einen Tatort in Augenschein nehmen. Manches wird dabei zur Routine, und viele Leichen vergisst man sehr schnell wieder. Sie hinterlassen einfach keine bleibenden Spuren in der Erinnerung. Und so wie es für einen Bäcker unmöglich ist, sich an jedes gebackene Brötchen seiner Karriere zu erinnern, so vermag auch eine Polizistin nur jenen Tatorten und Leichen einen Platz in ihrem Gedächtnis einzuräumen, die ihre Persönlichkeit im Innersten berühren. Diese Ausnahmen besitzen dann jedoch eine so gewaltige Dominanz, dass sie bis in die Träume der Tiefschlafphase vordringen und dort für gehörige psychische Beklemmungen verantwortlich zeichnen.

Bereits am entwürdigenden Fundort stellte sich bei mir das Gefühl ein, dass Nicole Rating von nun an zu jenen Toten zählen würde, die mich in meine Träume begleiteten. Ähnlich wie eine Ärztin zu ihren Patienten oder wie eine Lehrerin zu ihren Schülern hatte ich zu einigen meiner Mordopfer eine Beziehung entwickelt, die, wie zum Beispiel im Fall von Nicole Rating, dazu führen konnte, dass ich von ihr nur noch als Nicole sprach, als ob ich sie zu

Lebzeiten gekannt hätte oder gar mit ihr befreundet gewesen wäre.

Nicoles Tod beschäftigte mich den ganzen Tag hindurch, und obwohl wir uns nicht zum Bier im Haus Ostermann verabredet hatten, trafen Paul, Andi und ich beinahe gleichzeitig dort ein. Natürlich war es nicht die erste Frauenleiche, deren Fundort wir als Trio gemeinsam untersucht hatten, aber trotzdem überkam uns ein gemeinschaftliches Gefühl der Beklommenheit. Sylvias Obduktionsbericht stand zwar noch aus, dennoch deuteten Tatumstände und Fundort auf ein Sexualverbrechen hin; und wenn uns, parallel zum Fall von Nekrophilie, nach etwas nicht der Sinn stand, dann war dies gewiss ein weiteres sexuell motiviertes Verbrechen im Schatten der Fronleichnamskirmes.

Um uns lästige Fragen und Kommentare der Thekenbesatzung vom Leib zu halten, nahmen wir an einem der Ecktische Platz. Hier konnten wir in Ruhe unsere Dienstgespräche führen. Entspannung war an diesem Abend sowieso nicht angesagt.

»Ich glaube, das Mädchen ist Opfer eines Fememordes geworden«, sagte Andi, nachdem Christa Ostermann uns die Getränke serviert hatte und außer Hörweite war.

»Woher weißt du das denn so genau?«, fragte Paul, an dessen Gesichtsausdruck ich zwar erkannte, dass auch ihn der Mädchenmord sehr mitnahm, er es aber niemals offen eingestanden hätte.

»Meine Nichte hat doch Schwierigkeiten in Latein. Und ich versuche der Kleinen da etwas auf die Sprünge zu helfen. Sie lesen in der Schule zur Zeit Tacitus, und der berichtet eben über das Rechtswesen der Germanen, dass sie zwei unterschiedliche Formen bei der Vollstreckung von Todesstrafen kannten.«

Paul und ich schauten uns verwundert an.

»Wenn ihr mir nicht glauben wollt, hier steht es schwarz auf weiß«, fuhr Andi fort, zog ein abgewetztes DTV-Bändchen der *Germania* aus der Brusttasche seines Hemdes, blätterte kurz darin und begann laut vorzulesen: »*Die Strafen sind unterschiedlich, je nach dem Vergehen: Verräter und Überläufer hängt man an Bäumen auf, Feiglinge, Kriegsscheue und Perverse versenkt man im Schlamm und Moor und wirft noch Schlamm und Flechtwerk drauf.*«

»Junge, Junge, das ist aber sehr weit hergeholt«, sagte Paul und trank seinen Steinhäger in einem Zug aus.

»Meinst du also, unser Täter ist ein humanistisch gebildeter Altphilologe? Vielleicht verheimlichst du uns ja noch mehr. Was hatte der gute alte Tacitus denn zum Beispiel über die Liebe zu Verstorbenen zu berichten? Mir als Beutegermanin wirst du meine Unwissenheit und Unbildung doch hoffentlich verzeihen, oder?«, wollte ich von ihm wissen und merkte sogleich, dass ich ein wenig zu viel Spott in meine Frage gelegt hatte.

»Nun lass den Quatsch mal sein. Es ist doch augenfällig, dass der Naziverleger noch im Tode lächerlich gemacht und entehrt werden sollte und die Leiche seiner Sekretärin klammheimlich versteckt wurde. Gehen wir mal davon aus, dass es sich um ein und denselben Täter handelt, liegt es doch wohl auf der Hand, dass er zumindest ähnlich gedacht haben muss wie die alten Germanen«, sagte Andi mit verzweifelter und zugleich wütender Stimme.

»Das bedeutet also, Pielecke war ein Verräter, deshalb wurde er öffentlich zur Schau gestellt. Und seine Sekretärin war eine Perverse, deshalb landete ihre Leiche unter Flechtwerk und Schlamm. Zumindest eine interessante Theorie, das muss ich zugeben«, lobte ich Andis Kombinationsgabe.

»Kann alles auch nur ein Zufall sein«, warf Paul ein.

»Kann aber auch ebenso gut kein Zufall sein. Wir müssen zumindest den Umstand in Betracht ziehen, dass Pielecke und Nicole Rating von einem sehr wertkonservativen Menschen ins Reich Odins geschickt worden sind«, wehrte sich Andi.

»Christa! Noch 'ne Rutsche«, rief Paul in Richtung der Theke und wandte uns dabei den Rücken zu.

Andi lief feuerrot an.

»Wenn euch meine Mitarbeit einen Dreck interessiert, könnt ihr mir das ruhig mitteilen. Ich ziehe mich dann aus den Ermittlungen zurück und überlasse das Feld euch Schlauköpfen. Ihr habt ja so viel mehr in Erfahrung gebracht als ich«, rief er mit lauter Stimme, verschränkte die Arme vor der Brust und ließ sich demonstrativ schmollend in das Polster seines Ohrensessels zurückfallen.

»Nun reg dich mal nicht so auf. Was steht denn noch bei Tacitus über das Rechtswesen der Germanen?«, fragte ich, nicht etwa um eine althistorische Bildungslücke zu schließen, sondern allein, um Andi bei Laune zu halten.

»Das war alles, was er dazu schrieb. Ich habe den Text heute Abend mit meiner Nichte gelesen und da fiel mir eben auf, dass er was von Flechtwerk geschrieben hat.«

»Wenn man so will, war die Leiche von Nicole Rating ja auch mit Flechtwerk und Schlamm bedeckt«, sagte ich.

»Wahrscheinlich war das Mädchen auch nicht pervers, sondern kriegsscheu«, mutmaßte Paul, während er sich mit einer missmutigen Miene erhob, um sich zu Mettwurst-Hubert und einigen anderen Marktschreien an die Theke zu begeben.

»Kriegsscheu wohl kaum, in den Augen dieser Spinner wohl eher pervers«, brüllte Andi ihm hinterher, was für einen Augenblick lang zur Folge hatte, dass Totenstille im Lokal eintrat.

Paul drehte sich nicht einmal um.

»Du meinst, sie musste wegen ihrer Freundschaft zu Bekir Özal sterben? So eine Art Romeo und Julia von Oberhausen?«, fragte ich.

»Ja, genau. Vielleicht war es ja mehr als eine Freundschaft. So verzweifelt, wie der Junge reagiert hat, als wir ihm vom Verschwinden des Mädchens erzählt haben. Da kann es doch gut sein, dass seine Nazifeinde Nicole auf dem Gewissen haben, sie haben ja schließlich auch versucht, ihn selbst zu ermorden.«

»Diese doofen Glatzen lesen bestimmt keinen Tacitus. Die wissen noch nicht einmal, dass es den überhaupt gegeben hat.«

»Ja, da kannst du recht haben. Ich glaube aber auch nicht, dass diese Blitzbirnen in eigener Regie gehandelt haben. Das sind doch dumme Handlanger, die für einen Kasten Bier jemanden krankenhausreif schlagen.«

»Nicole wurde übrigens doch nicht vergewaltigt, was nicht automatisch bedeutet, dass die Tat nicht auch sexuell motiviert war. Wenn aber die Jungnazis den Auftrag bekommen hätten, sie zu töten, dann hätte dieses Pack doch jede Chance genutzt, sich an dem Mädel zu vergehen. So, wie die ausgesehen hat, davon kann doch eine perverse kleine Glatze nur in feuchten Träumen fantasieren!«, warf ich ein.

»Hat Sylvia eigentlich schon die genaue Todesursache ermittelt?«, fragte er, während er über meinen Einwand nachzudenken schien.

»Ja, hat sie. Den Obduktionsbericht bekommen wir zwar erst morgen, aber wie es aussieht, führte ein Herzstich zum Tode. Die anderen Stiche sind postmortal zugefügt worden«, berichtete ich, doch er hörte mir überhaupt nicht zu.

»Vielleicht haben sie in der Gruppe ja sexuelle Hemmungen. Leute verprügeln, schön und gut, aber ein schönes Mädchen anfassen. Warum glaubst du, sind die so?! Ich schätze, dass sie voll von Komplexen stecken. Die holen ihre Dödel doch höchstens mal zum Wettpissen aus ihren Hosen.«

»Wettpissen ist nicht mein Spezialgebiet. Da kennst du dich besser aus«, sagte ich mit einem Lächeln, das seinen Effekt nicht verfehlte, denn er wirkte nun etwas entspannter.

»Ja, es kann sein, dass ich mich da in etwas verrannt habe, aber mich lässt der Gedanke nicht los, dass es sich um einen Ritualmord gehandelt haben könnte.«

»Ich glaube das Studium antiker Klassiker kann zuweilen sehr nützlich sein, mein lieber Andi. Auch wenn der oder die Täter Tacitus und die alten Germanen nicht kannten, so ist es doch so, dass der psychische Apparat des Menschen immer gleich funktioniert. Dinge, für die man sich schämt, versucht man zu verstecken. Das war bei den Germanen nicht anders, als es bei den Menschen heute ist. Die einen verbergen Kriegsscheue unter Reisig, die anderen Erinnerungen an ihre eigenen Schandtaten. Ich nehme an, dass der Mörder von Nicole sie gut kannte und ein sehr persönliches Motiv für seine Tat hatte. Dafür spricht meines Erachtens auch die Vielzahl der Messerstiche.«

»Du meinst also, dass hier ein Trittbrettfahrer am Werke war, der die Tatsache, dass ihr Boss ermordet wurde, mal eben dazu genutzt hat, das Mädchen zu töten, damit wir in eine falsche Richtung ermitteln?«

»Nein, dass glaube ich nicht, denn dafür hätte er zu schnell reagieren müssen, Nicole wurde ja schon von ihrem Vater vermisst, als Pielecke noch am Leben war.«

»Konnte Sylvia denn den genauen Todeszeitpunkt nicht bestimmen?«, fragte Andi.

»Leider nicht. Der Umstand, dass sie bei diesen Temperaturen in einem feuchten Milieu lag, lässt höchstens eine Todeszeitbestimmung von plus oder minus einem Tag zu. Aber ich gehe auch davon aus, dass der Tag ihres Verschwindens identisch mit ihrem Todestag ist.«

»Kann sein. Ich nehme die Glatzen auf jeden Fall morgen noch einmal in die Mangel, die werden uns schon noch berichten, wann und wo sie Nicole Rating getötet haben«, sagte er mit einem entschlossenen Blick, bei dem mir angst und bange wurde.

Da ich einsehen musste, dass ich Andi an diesem Abend nicht mehr von seiner Skinheadtheorie abbringen konnte, begab auch ich mich zum Tresen, wo ich es in Kauf nahm, den Diskutanten in die Hände zu fallen. Andi hingegen blieb allein am Tisch zurück und schaute Löcher in die Luft.

»Ich habe die Computer und Klamotten der Skinheads sichergestellt, die lateinischen Klassiker habe ich für mich behalten«, berichtete Paul das Ergebnis der Hausdurchsuchung.

»Danke. Sei Andi nicht böse, er ist etwas mit den Nerven runter und verrennt sich da in irgendetwas.«

»Kein Problem, Mädchen. Aber jetzt ist erst einmal Feierabend.«

Mittwoch, 17. Juni

Obgleich ich von Morden, Leichen und Obduktionen die Nase gestrichen voll hatte, blieb mir am Mittwochvormittag keine andere Wahl, als erneut den Liricher Friedhof aufzusuchen. Dort sollte um elf Uhr die Beisetzung Robert Pieleckes stattfinden. Zusammen mit Andi war ich ein akademisches Viertelstündchen vor dem angesetzten Trauertermin erschienen und wunderte mich über die geringe Anteilnahme der Öffentlichkeit, denn für einen Medienkönig wie Pielecke war die Bestattung mehr als armselig. Neben uns waren allein zwei sehr alte Damen und Doktor Hirnstein als Trauergäste anwesend. Merkwürdigerweise erwiesen nicht einmal die Mitarbeiter des Verlages ihrem Brötchengeber die letzte Ehre, obwohl sie in einer großen Todesanzeige zur Abschiednahme eingeladen hatten.

Hirnstein nickte uns kurz zu, vermied es aber, ein Gespräch zu suchen. Ungeduldig lief er eine Zigarette rauchend vor der Trauerhalle auf und ab. Angesichts der sommerlichen Temperaturen wirkte seine Aufmachung beinahe grotesk. Er trug einen bis an die Knöchel reichenden, schwarzen Staubmantel, dessen Kragen er hochgeschlagen hatte, und eine dunkelgraue Baskenmütze. Ich fragte mich, wie lange er es bei annährend dreißig Grad in dieser Montur aushalten konnte und wartete eigentlich nur darauf, dass er jeden Moment kollabieren würde.

Als die Glocken der Kapelle uns zur Andacht riefen, lauschten wir einem korpulenten evangelischen Pfarrer, der in einer kurzen Ansprache die Schrecken und das Elend der Welt beklagte, die Hoffnung hegte, dass die abscheuliche Tat bald gesühnt werde und ansonsten eine Standardpredigt hielt.

Ich ließ meinen Blick durch den fast menschenleeren Raum schweifen, der mir von dienstlichen und privaten Besuchen her bestens vertraut war. Außer einer neuen Deckenbeleuchtung konnte ich in ihm aber keinerlei Veränderungen erkennen. Schlichtheit konnte auch etwas Beklemmendes haben, dachte ich mir.

Pieleckes Sarg war von mehreren Dutzend Kränzen umrahmt, auf deren Schleifen ich aber nur die üblichen Sprüche à la *Stiller Gruß* lesen konnte. Zwar hatte ich nicht erwartet, irgendwelche Nazibanderolen auf den Buketts zu finden, aber trotzdem erstaunte mich die Zahmheit und Einfallslosigkeit der letzten Grüße seiner Freunde und Autoren.

»Viele Erkenntnisse wird uns das alles hier wohl nicht liefern«, flüsterte Andi mir zu.

Ich zuckte ratlos mit den Schultern.

Mit Ertönen der Orgel stimmte niemand in den Gesang des Pfarrers ein, den dieser Umstand jedoch nicht im Mindesten irritierte. Aus voller Kehle schmetterte er alle Strophen des Bonhoeffer-Liedes *Von guten Mächten treu und still umgeben*.

Nach vollendeter Gesangseinlage sprach er ein Gebet, um uns dann, dem Sarg vorausschreitend, zur letzten Ruhestätte des Gemeuchelten zu führen, wo er noch einige Worte sprach, die überschaubare Trauergemeinde dann aber sich selbst überließ. Insgesamt hatte die Zeremonie weniger als zwanzig Minuten in Anspruch genommen, was ich als erfahrene Beerdigungsgängerin für rekordverdächtig hielt.

Andi und ich verzichteten darauf, Pielecke die allerletzte Ehre zu erweisen und ließen den zwei Alten, von denen wir noch immer nicht wussten, in welcher Beziehung sie zum Getöteten standen, den Vortritt. Wir beobachteten, wie sie Arm in Arm auf das Grab zuschritten, sich kurz verneigten und sodann den Friedhof wieder verließen.

Nach ihnen trat Hirnstein an die Ruhestätte.

Ich glaubte meinen Augen nicht zu trauen, als ich sah, dass er eine großkalibrige Pistole aus seiner rechten Trenchcoattasche zog, deren Hammer spannte und auf das offene Grab richtete. Instinktiv griff ich unter mein Jackett und riss meine Walther aus dem Schulterholster. Auch Andi hielt blitzschnell seine Waffe in Händen. Beide zielten wir auf den Proktologen.

»Ein letzter Gruß von mir, du Hund«, rief Hirnstein und feuerte einen kompletten Magazininhalt in die Grube, dann warf er die leergeschossene Pistole hinterher.

Die beiden alten Frauen schienen stocktaub zu sein, denn als ich mich nach ihnen umschaute, bemerkte ich, dass sie ihren Rückweg unbeeindruckt fortsetzten.

»Wenn Sie wollen, können Sie mich jetzt festnehmen«, sagte Hirnstein und hielt uns in einer theatralischen Geste seine ausgestreckten Arme entgegen.

Ich überlegte einen Moment lang, ob ich ihm Handschellen anlegen sollte, verzichtete aber darauf, ihm diesen Gefallen zu tun.

»Es wird wohl auch so gehen, Herr Doktor Hirnstein«, sagte ich, während Andi seine Kleidung nach weiteren Waffen abtastete.

Satt einer Antwort oder einer Bemerkung verharrte er steinern in seiner gewählten Stellung.

»Er ist sauber«, erklärte Andi.

»Was sollte denn diese Wildwesteinlage?«, fragte ich.

Hirnstein schwieg.

»Das kann uns der Doktor in aller Ruhe auf dem Präsidium erzählen«, sagte Andi spöttisch.

»Ohne die Pistole können wir hier aber nicht weg«, warf ich ein, während ich ans Grab trat und hineinschaute.

Die Pistole lag in etwa anderthalb Metern Tiefe mitten auf dem Sargdeckel, der von etlichen Einschusslöchern durchsiebt war.

»Ohne eine Leiter komme ich da nicht ran«, erklärte ich meinem Kollegen.

»Dann soll doch unser Held hier sie rausholen«, schlug Andi vor.

Hirnstein schien von dieser Idee nicht begeistert und machte auch keinerlei Anstalten, seine merkwürdige Pose aufzugeben.

Da es mir zu peinlich gewesen wäre, eine Funkstreife oder die Feuerwehr zur Hilfe zu rufen, fasste ich den Entschluss, auf meine feine Trauergarderobe keine Rücksicht zu nehmen und in Pieleckes Grab zu steigen, bückte mich dort nach der Wumme und steckte sie in meinen Hosenbund. Kaum hatte ich die schwere Armeepistole sichergestellt, sah ich mich mit dem Problem konfrontiert, das Erdloch wieder zu verlassen, was sich als bedeutend schwieriger gestaltete als das Hineinkommen, denn die lehmigen Erdwände boten nirgends auch nur den geringsten Halt und hätten wohl auch für ausgefuchste Fassadenkletterer und Bergfexe eine unüberwindliche Hürde dargestellt.

»Alles klar?«, hörte ich Andi rufen.

»Nicht ganz«, lautete meine etwas mutlose Antwort.

Am Rande meiner Falle sah ich die Gesichter Hirnsteins und Andis auftauchen, die eher neugierig als hilfsbereit zu mir herabschauten.

»Warte, ich hole dich da irgendwie raus«, versprach Andi, klang dabei aber alles andere als überzeugend.

Hirnstein kratzte sich mit der rechten Hand am Kopf, in der linken hielt er seine Baskenmütze. Mein Missgeschick hatte also zumindest den erfreulichen Nebeneffekt, dass er zu einer halbwegs normalen Körperhaltung zurückgefunden hatte.

Nach einigen Minuten, die mir wie eine Ewigkeit vorkamen, hatte Andi endlich eine rettende Idee.

»Darf ich Sie um Ihren Trenchcoatgürtel bitten, Herr Doktor Hirnstein? Sie müssen ihn später in der Zelle ohnehin abgeben«, hörte ich ihn sagen, und nur einen Moment später baumelte die Schnalle bereits vor meiner Nase.

Zu meinem größten Glück reichte die Tragkraft des Materials aus, um mich wieder auf die Ebene der Lebenden zu befördern.

»Wir müssen noch ein paar Fotos von der Zielscheibe machen, dann können wir los«, sagte Andi und schoss mit seiner Handykamera einige Bilder vom durchlöcherten Sarg. Hirnstein beobachte ihn dabei mit teilnahmsloser Miene.

Bevor wir unseren Schützen endgültig ins Auto verfrachteten, sammelte ich die rund ums Grab verteilten Patronenhülsen auf. Insgesamt waren es acht. Hirnstein hatte also neben den sieben Patronen im Magazin seiner Colt Government eine zusätzlich in die Kammer geladen. Ich erinnerte mich an die Worte des Pfarrers und stellte fest, dass die Welt tatsächlich übel und verrückt sein musste. Wenn schon auf dem Liricher Friedhof ein Arzt mit einer durchgeladenen Fünfundvierziger zu einer Beerdigung auftauchte, brauchte sich niemand mehr über den täglich dargebotenen Wahnsinn im Rest der Welt zu wundern.

Völlig verschmutzt und mit zerrissener Kleidung lieferte ich Hirnstein gegen zwölf Uhr dreißig im Zellentrakt des Polizeipräsidiums ab. Zum Glück waren die meisten Kollegen zur Mittagspause ausgeflogen, sodass ich mich allein dem Spott einer Handvoll Uniformierter aussetzen musste. Danach begab ich mich nach Hause, um mir die Liricher Friedhofserde vom Leib zu duschen und mich in bequeme Klamotten zu werfen.

* * *

Als ich nach einer ausgiebigen Dusche mit sauberer und legerer Schale wieder im Büro ankam, saßen Andi und Hirnstein bereits bei einem Tässchen Kaffee, nur dass sich eben keine Kaffeeklatschstimmung einstellen wollte.

»Unser Freund hier ist stumm wie ein Fisch. Ich versuche seit einer halben Stunde vergeblich, sein Schweigen zu brechen. Aber vielleicht erliegt er ja deinem weiblichen Charme«, sagte Andi in genervtem Ton und rutschte dabei auf seinem Stuhl hin und her.

Hirnstein hatte es sich in unserem Dienstzimmer recht gemütlich gemacht. Den Trenchcoat hatte er abgelegt und saß Andi hemdsärmlig gegenüber. Einziges Erinnerungsstück an seine Liricher Maskerade war die auf seinem Kopf thronende lächerliche Baskenmütze.

»Warum haben Sie auf den Sarg geschossen?«, wollte ich wissen, während ich mir eine Tasse Kaffee eingoss und mich dann auf die Fensterbank setzte, von wo aus ich den Tisch im Blick hatte, Hirnstein mich aber, ohne großartige Verrenkungen machen zu müssen, nicht sehen konnte.

Der Doktor blieb auch mir eine Antwort schuldig.

»Ihnen ist hoffentlich klar, dass wir davon ausgehen müssen, dass Sie auch der Mörder von Herrn Pielecke sind«, fuhr ich fort.

Langsam drehte Hirnstein sich zu mir um. »Das ist absurd, Frau Kommissarin Fischer.«

»Ich finde es gar nicht so abwegig, anzunehmen, dass derjenige, der Pielecke erstochen hat, auch einen so großen Hass auf ihn hatte, dass er selbst seiner Leiche noch den Garaus bereiten wollte«, meinte Andi.

Hirnstein lachte schallend. »Sie haben doch gar keine Ahnung«, sagte er.

»Dann erzählen Sie uns mal, warum Sie mit einer geladenen Fünfundvierziger auf dem Friedhof herumspazierten und dann den Sarg Ihres Verlegers beschossen haben«, forderte ich ihn auf.

»Das geht Sie nichts an. Das ist eine reine Privatsache.«

»Doktor Hirnstein, Sie stecken tiefer in der Scheiße, als Sie sich überhaupt vorstellen können. Erst die komische

Geschichte mit Bekir Özal, die ihnen kein normaler Mensch abkaufen kann, und dann der Vorfall von heute. Für wie blöd halten Sie die Polizei eigentlich?«, schrie Andi ihn an.

»Wollen Sie wirklich eine Antwort?«, entgegnete Hirnstein, und legte gelangweilt die Hände in den Nacken. »Was machen eigentlich Ihre Hämorrhoiden?«, fragte er nach einer kurzen Pause scheinheilig.

Andis Gesicht färbte sich zornesrot.

»Ihnen ist hoffentlich klar, dass wir Sie so bald nicht wieder gehen lassen. Auch wenn wir Ihnen den Mord noch nicht nachweisen können, haben wie schon einmal unerlaubten Waffenbesitz, Störung der Totenruhe, Sachbeschädigung und Gefährdung der Öffentlichkeit. Das alles reicht, um Sie in den Knast zu bringen. Und eines kann ich Ihnen versprechen: Ich werde Sie auch noch wegen Mordes hinter Schloss und Riegel bringen«, erklärte ich ihm.

»Ich habe mit der Ermordung Pieleckes nichts zu tun. Sie sollten sich lieber um die Glatzen kümmern.«

»Die Glatzen, die Bekir Özal niedergestochen haben, den Mann, mit dem Sie nach eigener Aussage ein homoerotisches Verhältnis unterhielten. Wenn mich nicht alles täuscht, war Ihr Verleger ja auch kein Kostverächter, was Knabenfleisch anging. Sollte die Wurzel Ihres Zornes etwa in Eifersucht zu suchen sein? Hat Pielecke etwa was mit dem Neffen seiner Haushälterin angestellt, Ihrem Geliebten? Musste er deswegen sterben?«, wollte ich wissen.

»Sie sollten Romane schreiben, statt in der Realität zu ermitteln, Frau Fischer. Das wäre für die Menschheit bestimmt unterhaltsamer.«

»Frau Özal hat angegeben, dass Sie bei Pielecke ein und aus gingen.«

»Ich habe beim Verlag Pielecke ein halbes Dutzend meiner Werke verlegt. Wundert es Sie da, dass ich zu Herrn Pielecke ein freundschaftliches Verhältnis unterhielt?«

»Ein Verhältnis, das von solch inniger Freundschaft gekennzeichnet war, dass Sie den Sarg Pieleckes mit Blei vollpumpen mussten?«, fuhr Andi ihn an.

»Dazu sage ich nichts.«

»Sie haben es ja geradezu darauf angelegt, von uns verhaftet zu werden. Warum, Herr Doktor Hirnstein?«, wollte ich wissen.

»Weil ich mich in Ihrem Gewahrsam sicherer fühle als in meiner Wohnung.«

»Vor wem haben Sie Angst?«, fragten Andi und ich beinahe gleichzeitig.

»Das fragen Sie noch? Natürlich vor den gleichen Leuten, die Pielecke und Bekir ein Messer zwischen die Rippen gestoßen haben.«

»Wissen Sie, wer diese Leute sind?«, fragte ich.

»Das sind Nazis. Keine einfachen Skinheadschläger, wie sie in jeder S-Bahn und in jedem Fußballstadion rumhängen. Die Leute, die Pielecke auf dem Gewissen haben, sind von einem ganz anderen Kaliber.«

»Apropos Kaliber, war die Angst vor diesen Nazis der Grund, warum Sie mit einer Pistole in der Tasche herumgelaufen sind?«

»Ja. Ich fühle mich schon seit einigen Tagen bedroht. Als sie Pielecke ermordet hatten, dachte ich noch, es ginge mich nichts an. Aber dann, als Bekir auf der Kirmes überfallen wurde, habe ich gewusst, dass sie es auch auf mich abgesehen haben.«

»Was steckt dahinter? Mit Ihrem grandiosen Schrifttum kann es ja wohl kaum zusammenhängen«, stichelte Andi.

»Ich weiß es eben nicht. Robert Pielecke hat in den letzten Monaten seltsame Andeutungen gemacht. Er sprach davon, dass sein Leben in Gefahr sei. Mehr hat er jedoch nicht gesagt. Offen gestanden hielt ich es für eine Neurose oder eine krankhafte Form der Wichtigtuerei. Ich habe der ganzen Geschichte nicht viel Bedeutung beigemessen. Bis zu dem Tag, an dem er ermordet wurde.«

»Aber was haben Sie und Ihr Freund Bekir mit der ganzen Sache zu tun?«, wollte ich von ihm wissen.

»Das weiß ich eben nicht. Bekir Özal ist nicht mein Freund, ich habe Sie in unserem Telefongespräch angelogen, Frau Fischer.«

»Und das soll ich Ihnen nun glauben? Heute hü und morgen hott. Einmal sind Sie schwul, dann wieder nicht, und dazwischen feuern Sie auf einer Beerdigung mal eben auf einen Sarg. Ich muss doch sehr bitten, Doktor Hirnstein. Entweder Sie schenken uns nun reinen Wein ein, oder Sie können in einer Zelle sitzen, bis Sie verschimmelt sind.«

»Ich bin homosexuell, aber ich habe kein Verhältnis zu Bekir Özal. Ich habe Ihnen dass alles nur erzählt, weil ich gehofft habe, dass Sie und Ihre Kollegen dann Ermittlungen in der schwulen Skinheadszene beginnen würden.«

»Warum sollten wir das tun?«

»Weil ich glaube, dass sowohl die Mörder als auch die Attentäter aus dieser Szene stammen, Frau Fischer.«

»Und was lässt Sie dies glauben, Doktor Hirnstein?«

»Eben die Tatsache, dass Bekir von diesen Schweinen fast umgebracht worden ist, Sie selbst waren ja Zeugin.«

»Was ist mit Bekir Özal?«, fragte Andi.

»Bekir hat seit Monaten im Umfeld von Pielecke herumgeschnüffelt. Er ist der Meinung, dass Pielecke ein übler Nazi war und der Kopf einer Verschwörung.«

»Und das hat er Ihnen alles freimütig erzählt?«

»Ich kenne Bekir schon lange, wir sind befreundet.«
»Woher kennen Sie Bekir Özal?«
»Ich kenne ihn über seine Tante.«
»Was ist Bekir für ein Mensch?«
»Er ist ganz gewiss kein Schwuler. Er hat eine Freundin, irgendein Mädchen, das bei Pielecke arbeitet. Fragen Sie mich nicht nach ihrem Namen.«
»Nicole Rating?«, fragte ich.
Hirnstein drehte sich langsam zu mir um. »Mein Gott, arbeiten Sie schnell«, antwortete er, während er sich wieder Andi zuwandte.
»Wollen Sie uns jetzt etwa noch erzählen, Sie würden Nicole Rating nicht kennen und wüssten auch nicht, dass sie seit dem Tage der Ermordung ihres Chefs spurlos verschwunden ist?«, herrschte Andi ihn an.
Hirnstein mimte den Unwissenden so schlecht, dass es für eine RTL-Daily-Soap gereicht hätte. »Frau Rating ist verschwunden?«, fragte er.
Andi und ich verzichteten auf eine weitere Stellungnahme.
»Herr Doktor Hirnstein. Ich glaube, Sie erzählen uns hier eine Menge dummes Zeug. Und wissen Sie, was ich noch glaube? Ich glaube weiter, dass Sie uns den ganzen Scheißdreck nur auftischen, um davon abzulenken, dass Sie Ihren Verleger umgebracht haben«, eröffnete Andi ihm.
»Haben Sie ein Alibi für die Tatnacht?«, fragte ich, bevor Hirnstein auf die Beschuldigungen Andis reagieren konnte.
»Ich war allein bei mir zu Hause. Mein Mann war mit Freunden aus. Er kam erst tief in der Nacht betrunken heim.«
»Wir lassen Sie nun in eine Zelle bringen. Wenn Ihnen eine bessere Geschichte einfällt, leihen wir Ihnen gern wieder unsere Ohren«, sagte Andi, öffnete die Tür und ließ Hirnstein von einem Wachtmeister abführen.

»Hirnstein hat Pielecke um die Ecke gebracht. Das ist so sicher wie das Amen in der Kirche« sagte Andi, als wir allein waren.

»Ich bin mir da nicht ganz so sicher. Ich glaube aber auch, dass er irgendetwas mit der Sache zu tun hat. Ich weiß nur noch nicht genau, was. Ich denke aber, dass er mit dem Mord an Nicole nichts zu tun hat.«

»Das glaube ich auch. Ich schätze, er weiß noch nicht einmal, dass das Mädchen tot ist«, vermutete Andi.

»Aber wenn etwas an seiner Skinheadstory ist, dann können wir wohl davon ausgehen, dass Nicoles Mörder auch im rechtsextremen Milieu zu suchen sind.«

»Willst du Bekir die Nachricht vom Tod Nicoles überbringen?«, fragte Andi und schaute mich dabei mitleidsvoll an.

»Nein, nicht solange der Junge noch im Krankenhaus liegt. Ich werde ihm aber von Hirnsteins Verhaftung berichten. Ich bin gespannt, ob er seine Version in irgendeiner Form bestätigen kann.«

»Zumindest wird er sich darüber freuen, dass wir seine Peiniger bereits eingesackt haben.«

»Ja, bis er erfährt, dass Nicole nicht mehr am Leben ist.«

* * *

Blumen oder ein Bowiemesser? Diese Frage beschäftigte mich am späten Nachmittag, als ich mich allein aufmachte, um Dieter Brom im Krankenhaus einen Besuch abzustatten. Obgleich ich Dieter schon seit fast zwei Jahrzehnten kannte, war ich bis dato niemals auf die Idee gekommen, ihn ernst zu nehmen. Er durfte mit Fug und Recht als Psychopath bezeichnet werden, ließ sich aber keiner der gängigen Kategorien zuordnen, denn sein Zwang, sich bei jedem Tötungsdelikt selbst anzuzeigen, war konkurrenzloses Merkmal seines Charakters. Im Laufe unserer langjährigen Beziehung hatte ich Dieter Brom schon in den merkwürdigsten Kostümierungen empfangen. Woher er das Geld nahm, beim Auffinden einer Wasserleiche im professionellen Taucheranzug anzutreten oder im Falle eines medizinischen Kunstfehlers in authentischem Chirurgenoutfit bei uns aufzulaufen, hatte ich mich nie gefragt. Ich wusste nicht einmal, ob er einen Beruf ausübte.

Auf dem Weg ins Sterkrader Josef-Hospital, sprang ich auf der Bahnhofstraße ins Waffengeschäft Paashaus und erstand dort ein Puma-Klappmesser, ließ es in rotes Geschenkpapier packen und fand mich eine knappe Viertelstunde später auf der Chirurgischen Station ein.

Außer einem blauen Auge, einigen Blutergüssen und Kratzern im Gesicht wirkte mein selbsternannter Serienmörder und Gewaltverbrecher recht fit und munter. Wie immer war er tadellos gestriegelt, und seine braune Haut strahlte in sommerlicher Frische.

»Meine liebe Frau Fischer. Welch eine Ehre«, rief er erfreut, als ich das Krankenzimmer betrat, in dem er, mit einem schwarzen, beinahe sakral anmutenden Gewand bekleidet, auf dem Bett lag.

»Ich komme, um mich für Ihre Briefsendung zu bedanken, Herr Brom. Sie haben uns sehr weitergeholfen. Das war exzellente Arbeit. Vielen Dank«, sagte ich, während ich ihm das Geschenk überreichte.

»Ich bitte Sie, Frau Fischer. Das wäre doch nicht nötig gewesen.«

»Nicht der Rede wert. Nur eine kleine kollegiale Aufmerksamkeit, Herr Brom.«

Dieter lächelte gerührt und legte das Päckchen neben sich aufs Bett.

»Die schlechte journalistische Arbeit in Oberhausen bestürzt mich, Frau Fischer. Seit Tagen warte ich vergeblich auf eine Berichterstattung über den feigen Anschlag auf meine Person«, erklärte er und deutete auf einen gewaltigen Berg von Tageszeitungen, der sich auf seinem Nachttisch stapelte.

»Unsere Presse nach der Messerstecherei war doch nicht die schlechteste«, versuchte ich ihn ein wenig aufzuheitern.

»Ach was, diese Schmierfinken wissen doch nicht, nach welchen Informationen die Menschheit lechzt«, meinte er verärgert, erhob sich von seinem Bett, schlüpfte in ein Paar lederne Schlappen und begann im Zimmer auf und ab zu gehen.

»Wie haben Sie herausgefunden, wo diese Glatzen wohnen?«

»Das war kein Problem«, antwortete er beinahe beiläufig. »Ich verstehe einfach nicht, warum in der Lokalzeitung keine Silbe über ihre Verhaftung zu lesen steht«, fuhr er mit erregter Stimme fort.

»Wir haben eine Informationssperre verhängt. Schließlich laufen die Ermittlungen auf Hochtouren«, log ich ihn an.

Diese Information schien seine Stimmung ein wenig zu mäßigen, denn er nahm wieder auf dem Bett Platz.

»Wann haben Sie die Schweine festgenommen?«, wollte er wissen.

»Gleich nachdem Sie mir die Fotos geschickt haben.«

»Gute Arbeit.«

»Waren es dieselben Glatzen, die Sie auf der Kirmes überfallen haben?«

Brom sprang wieder von seinem Bett auf und setzte seinen Rundgang fort. »Das sind ganz üble Trittbrettfahrer, Frau Fischer. Ich musste mich an ihre Fersen heften, weil sie mir den Mord an Pielecke streitig machen wollten.«

»Beruhigen Sie sich bitte, Herr Brom. Wir haben die Skinheads allein wegen des versuchten Mordes an Bekir Özal festgesetzt. In der Pielecke-Sache ermitteln wir noch.«

Erneut nahm er Platz.

»Wenn wir ihnen freilich noch den Angriff auf Sie nachweisen können, würden sie für lange Zeit in den Knast wandern.«

Dieter packte schweigend mein Geschenk aus.

»Wer Dieter Brom angreift, der wird von Dieter Brom gerichtet, Frau Fischer«, sagte er mit versteinerter Miene.

»Rache muss man kalt genießen, Herr Brom«, startete ich einen weiteren Versuch, um an Auskünfte zu gelangen.

»Es macht mich einfach krank, solche Stümper bei der Arbeit beobachten zu müssen. Und wenn sie sich dann noch den Mord an Pielecke auf ihre Fahnen schreiben wollen, muss ich einfach einschreiten.«

»Wie kommen Sie darauf, dass die Glatzen sich mit fremden Federn schmücken wollen?«

»Weil ich sie zur Rede gestellt habe.«

Ich war platt und wusste nicht, ob ich mich über Broms Ermittlungserfolg wundern oder mich über mein eigenes Versagen ärgern sollte. Wie konnte es einem stadtbekannten Spinner gelingen, die Spur zweier Messerstecher zu verfolgen, während der gesamte Oberhausener Polizeiapparat im Dunkeln tappte? Ich platze förmlich vor Neugierde, versuchte mir aber nichts anmerken zu lassen. »Wurden Sie bei dieser Gelegenheit von ihnen zusammengeschlagen?«, fragte ich stattdessen.

»Nein. Ich wurde auf der Kirmes überfallen. Kleinkrimineller Abschaum eben«, antworte er und klappte dabei das Puma-Messer auseinander. »Prima, sogar mit Blutrille. Herzlichen Dank«, fuhr er fort, während er das Geschenk freudestrahlend betrachtete.

Ich sah mich in eine kuriose Zwickmühle versetzt, denn für gewöhnlich war ich bestrebt, Dieter Brom möglichst rasch aus meinem Büro zu komplimentieren. Nun aber war ich auf seine Hilfe angewiesen. Eine Mithilfe, die ich freilich rein sportlich sah, denn dass die Glatzen in den Knast fahren würden, war sonnenklar. Das bisschen Prügel, das sie Dieter verabreicht hatten, würde bei ihrer Verurteilung den Kohl nicht fett machen. Zwar hatte ich nicht den Eindruck, dass er diese Situation auskostete, ich wusste aber genau, dass er intelligent genug war, um zu erkennen, dass er mich an der Angel hatte. Warum ich mich auf dieses Spiel eingelassen hatte, vermochte ich nicht zu beantworten, instinktiv verspürte ich jedoch das Gefühl, dass mehr hinter der Kirmesschlägerei stecken musste, als Dieter durchblicken ließ.

»Waren Sie mit den Nazis auf der Kirmes verabredet?«

»Nicht direkt. Ich habe sie nach der Messerstecherei für ein paar Tage beschattet, dabei sind auch die Fotos entstanden. Gewissermaßen als Versicherung für mich.«

»Und am betreffenden Abend sind Sie ihnen dann nach Sterkrade gefolgt?«

»Genau.«

»Und dabei waren Sie dann einen Moment lang unvorsichtig?«

Dieter blieb eine Antwort schuldig. An seinem verdrießlichen Gesichtsausdruck konnte ich jedoch erkennen, dass ich mit meiner Vermutung richtig lag. »Waren Sie denn nicht bewaffnet?«, fragte ich weiter.

»Auf Volksfesten trage ich weder Schuss- noch Stichwaffen, Frau Fischer.«

»Wann kamen Sie darauf, dass die Glatzen dem wahren Mörder Pieleckes den Triumph mopsen wollten?«

»An dem Abend, als sie den Neffen von Pieleckes Haushälterin niedergestochen haben.«

Wieder musste ich über sein Insiderwissen staunen, verkniff es mir aber, meine Überraschung zu zeigen. »Wie es aussieht, haben Sie Pielecke wirklich gehasst, Herr Brom.«

»Mit ihm ist guter Mist unter der Erde, Frau Fischer.«

»Haben Sie auch ihn lange beschattet, bevor Sie zuschlugen?«

»Ein bisschen müssen Sie schon selber tun, Frau Fischer«, antwortete er mit einem Grinsen.

»Was sagt Ihnen der Name Hirnstein?«, fragte ich ins Blaue.

»Der Schreiberling kommt als Nächster dran.«

»Bitte seien Sie so freundlich und informieren mich, bevor Sie im Fall Hirnstein zuschlagen«, forderte ich ihn auf, als ich mich daran machte, den Krankenbesuch zu beenden.

»Das werde ich gern tun, Frau Fischer. Sie haben mir das nötige Hilfsmittel ja an die Hand gegeben«, erwiderte er und starrte dabei auf das Klappmesser.

* * *

Als ich am Abend ins Haus Ostermann kam, vermied ich es, Paul und Andi über meinen Besuch bei Dieter Brom in Kenntnis zu setzen. Was, außer Vermutungen und instinktiven Überlegungen, hätte ich ihnen auch berichten sollen? Der Umstand, dass ein dienstliches Gespräch mein Portemonnaie um achtzig Euro für den Kauf eines Klappmessers erleichtert hatte, ärgerte mich zwar nicht, erfüllte mich aber auch nicht gerade mit Stolz. Auf höhnische Kommentare seitens meiner Kollegen und Trinkgefährten wollte und konnte ich jedenfalls bestens verzichten.

Andi hielt den Pieleckefall mit Hirnsteins Festnahme für abgeschlossen und ließ das Bier in Strömen fließen. In prahlerischer Stimmung berichtete er den Thekenopas von der Schießerei auf der Beerdigung, wobei er mindestens drei Mal mein Festsitzen in Pieleckes Grab im Detail schilderte.

Zu meinem größten Bedauern befand sich unter den Zuhören auch der ehemalige Kaplan Wilhelm Bugenhagen, der seit seinem Rauswurf wegen Trunksucht und Missbrauch Schutzbefohlener eine philosophische Praxis betrieb und sich aus unerklärlichen Gründen zur Stimme des Oberhausener Bürgertums aufgeschwungen hatte.

»Das sind ja schöne Geschichten, die Ihr Kollege da zum Besten gibt, Frau Fischer«, stichelte der Ex-Geistliche und nippte dabei an einem Gläschen Apfelschorle.

Ich versuchte, seine Bemerkung so gut es eben ging zu überhören, kannte ihn jedoch zu gut, um nicht zu wissen, dass er den ganzen Abend über wohl keine Ruhe geben würde. Bevor ich mich also zu einer Antwort durchrang, bestellte ich mir zunächst ein Pils, trank es in einem Zug aus und wandte mich ihm dann zu.

»Leider hört man von Ihnen gar nichts mehr, Herr Pastor«, erwiderte ich knapp.

Bugenhagen schaute mich grimmig an. Obgleich er nur ahnen konnte, dass mir die Ursachen seines Ausscheidens aus dem kirchlichen Dienst bekannt waren, schien ihn meine für ihn gewählte Titulatur misstrauisch gestimmt zu haben, was sich nicht zuletzt damit zeigte, dass er sich gleich wieder seinem Getränk widmete. Eigentlich war mir seine Lebensgeschichte egal, ich mochte den bigotten Kerl aus vielerlei Gründen nicht. Zunächst war es seine stänkerische und zugleich besserwisserische Wesensart, die mir seit Jahren auf die Nerven fiel, zum anderen mochte ich sein geheucheltes Interesse nicht, das er angetrunkenen Stammgästen vorgaukelte, um anschließend mit ihren Stories auf Klatschtour zu ziehen. Abgerundet wurde mein Widerwillen schließlich von der optischen Erscheinung des Mittsechzigers, denn der etwa 1,65 Meter große, gertenschlanke Mann wirkte eher feminin, seine Glatze wurde von schlohweißen Dichterlöckchen umspielt und seine hellblauen, wässrigen Augen strahlten Verlogenheit aus. Trotz der drückenden Schwüle des Sommerabends hatte er sich auch dieses Mal in pastorale Schale geworfen, als ob er noch immer in Amt und Würden stünde.

»Wie ich weiter höre, halten Sie den Mordfall Pielecke für abgeschlossen, Frau Fischer«, insistierte er nach einer kurzen Pause, ohne dabei den Blick von seinem Glas zu wenden, dessen Fuß er mit der rechten Hand auf dem hölzernen Tresen kreisen ließ.

»Wir haben seinen Mörder am Sack. Das steht einmal fest, Herr Bugenhagen. Meine Kollegin und ich haben ihn heute geschnappt«, lallte Andi und bestellte sogleich eine weitere Rutsche Bier.

»Viele Menschen gehen davon aus, dass es sich beim Mord am Verleger Pielecke um weitaus mehr handeln könnte als um eine simple Eifersuchtstat, Herr Ganster«, erwiderte er.

»So, um was denn, Sie verblödeter Expfaffe?«, wollte Andi wissen.

Bugenhagen überhörte die rüde Beleidigung und schien sich darüber zu freuen, Andi blau zu wissen. Ich hingegen war glücklich darüber, Bugenhagen vom Hals zu haben und seinem Gelaber nur zuhören zu müssen.

»Könnte es nicht sein, dass seine Ermordung auch etwas mit seiner verlegerischen Tätigkeit zu tun hat? Wie Sie sicher wissen, war das von Herrn Pielecke publizierte Schrifttum nicht ganz unumstritten.«

»Papperlapapp, Pielecke war früher ein prima Rennfahrer, aber davon verstehen Pfaffen ja nichts.«

»Ich habe mir meine ganz eigenen Gedanken gemacht. Und bin zu dem Schluss gekommen, dass Herr Pielecke sterben musste, um die Drucklegung einer Biographie zu verhindern.«

»Und wessen Biographie sollte dies sein?«, mischte sich Paul ins Gespräch ein.

»Dies, mein lieber Herr Pfannkuche, vermag ich leider nicht zu sagen. Aber wenn wir uns das Verlagsprogramm des Hauses Pielecke einmal genauer anschauen, dann ...«

»... drucken die nur Scheiße«, unterbrach Andi ihn lauthals lachend.

»Dann fällt uns auf, dass sich darunter auch sehr viele Biographien noch lebender Personen und Persönlichkeiten befinden. Könnte es da nicht sein, dass sich einer der Portraitierten auf den Schlips getreten fühlte?«

»Unser Kaplänchen ist ja gar nicht so doof, wie ich immer dachte«, flüsterte Paul mir zu.

Ich wollte mir nicht vorstellen, dass Bugenhagen mit seiner Vermutung richtig liegen konnte, denn wenn ich auf eines keine Lust hatte, so war dies gewiss, mich durch einen Stapel von Pieleckes Büchern zu lesen. »Ach was, so wie die Leiche drapiert war, haben wir es mit einer sexuell motivierten Eifersuchtstat oder mit einem klassischen Schwulenmord, begangen von einem Stricher, zu tun«, sagte ich stattdessen. »Außerdem: Warum sollte man den Verleger ermorden? Wäre es nicht sinnvoller, den Autor zu töten, so wie es in Russland gang und gäbe ist?«, wandte ich mich widerwillig an Bugenhagen.

»Die Autoren des Verlages kommen aus ganz Europa. Wer sagt Ihnen denn, dass der Autor nicht längst schon liquidiert wurde? Vielleicht suchten die Mörder Pieleckes ja nur noch das Manuskript, um die Biographie gänzlich aus der Welt zu schaffen«, meinte Bugenhagen mit einem überlegenen Grinsen, für das ich ihm am liebsten eine reingehauen hätte.

»Hat man nicht den Safe von Pielecke ausgeräumt?«, munkelte Paul halblaut.

»Halt bloß dein Maul, das braucht der Affe nicht auch noch zu wissen«, zischte ich zurück und sah mich im Geiste schon eine Großbestellung bei Amazon aufgeben.

Donnerstag, 18. Juni

Der schlimmste Durst kommt bekanntlich vom Trinken. Ich musste einsehen, dass ich die Feier der Verhaftung Hirnsteins ein wenig übertrieben hatte und erschien mit einem gehörigen Kater und drei Flaschen Mineralwasser versehen erst gegen zehn Uhr im Präsidium, wo ich von einem sichtlich deprimierten Andi erwartet wurde.

»Ich habe 'ne böse Überraschung für dich. Setz dich am besten erst einmal hin«, begrüßte er mich.

»Was gibt es denn Weltbewegendes zu vermelden?«, fragte ich, während ich mir die erste Wasserpulle an den Mund setzte.

»Wir mussten Hirnstein heute Morgen auf freien Fuß setzen.«

Ich lief kurz Gefahr, mich zu verschlucken. »Warum das, um alles in Welt?«

»Weil der gute Mann nicht nur Facharzt, sondern auch V-Mann des Verfassungsschutzes ist, übrigens genauso wie dein spezieller Freund Bekir Özal.«

»Die beiden sind was?!«

»Der eine ist bei den Neonazis eingeschleust worden, der andere ist so eine Art Kontaktmann auf der anderen Seite. So etwas ist heute trotz leerer Steuerkassen ganz normal. Schau dir doch nur mal die NPD an. Wenn die Nazis nicht so viele V-Leute vom Geheimdienst in ihren Reihen hätten, wären die nicht mehr so fest geschlossen«, belehrte er mich und schlug dabei mit der Faust auf seinen Schreibtisch.

»Wer hat die Freilassung angeordnet?«

»Hirnstein wollte telefonieren, angeblich mit seinem Anwalt. Eine Viertelstunde später tauchte ein Staatsanwalt hier auf und legte mir den Dienstausweis Hirnsteins auf den Tisch. Angeblich ist er Agent Provocateur und hat in Pieleckes Umfeld Ermittlungen angestellt. Ich hielt es für ratsam, ihn laufen zu lassen.«

»Du entlässt einen Verdächtigen, nur weil ein Staatsanwalt mit einem Dienstausweis des Verfassungsschutzes hier auftaucht? Wie blöd bist du eigentlich?«, herrschte ich Andi an.

»Glaubst du etwa, mir gefällt der ganze Mist? Wenn du etwas weniger saufen würdest, hättest du heute morgen nicht verpennt. Dann hättest du die Sache ja regeln können«, brüllte er zurück.

Ich versuchte mich zu beruhigen und Andis Handlungsweise zu verstehen. Er hatte nicht ganz unrecht, denn außer den dürftigen Kleinigkeiten und Ordnungswidrigkeiten hatten wir nichts Konkretes gegen Hirnstein in der Hand.

»Scheiße, dass der Chef nicht da ist.«

»Meinst du etwa, der Alte hätte einen Haftbefehl gegen einen V-Mann des Verfassungsschutzes beantragt, nur weil der ein bisschen auf dem Friedhof rumgeballert hat? Wir können froh, sein, dass er im Urlaub ist«, meinte Andi.

»Du hast recht, entschuldige bitte.«

»Ich frage mich, was das ganze Spiel auf dem Friedhof sollte.«

»Offen gestanden ist mir das im Moment völlig schnuppe. Was mich viel mehr interessiert, ist die Frage, wo Hirnstein jetzt steckt. Ich denke mal, dass er nicht gleich in seine Praxis gestiefelt ist.«

»Keine Ahnung. Aber wenn du mich fragst, ist er irgendwo untergetaucht. Er wäre ja auch schön blöd, wenn er sich jetzt, wo seine Tarnung aufgeflogen ist, in der Öffentlichkeit sehen lässt.«

Um mir wenigstens noch einen der V-Männer als Ansprechpartner warm zu halten, griff ich zum Telefon und wählte die Nummer des Sankt Josef-Hospitals. Dort sagte man mir, dass Bekir Özal am Morgen entlassen worden sei.

* * *

Das Verschwinden beider Zeugen machte unsere Arbeit nicht gerade leichter. Zwar hegte ich im Falle Bekir Özals die Hoffnung, mit ihm über seine Tante in Kontakt treten zu können, was aber das Untertauchen Hirnsteins anbelangte, war ich zunächst ratlos. Immerhin, dies stimmte mich etwas zuversichtlich, wusste ich die Glatzen im Keller des Präsidiums gut untergebracht und war mir sicher, dass sie früher oder später reden würden. Da ich die Hände nicht in den Schoß legen wollte, schaute ich mir den Bericht der Spurensicherung an, die es geschafft hatte, auch die gelöschten Dateien und Internetprotokolle auf dem Skinheadcomputer sichtbar zu machen.

Wie nicht anders zu erwarten, hatten die Perversen außer zahlreichen Schweineseiten auch eine Unmenge von Neonaziportalen besucht. Hinweise auf eine Verbindung zum Verlag Pielecke hatten die Kollegen allerdings nicht sicherstellen können, was mich jedoch nicht wunderte, denn auf der Pielecke-Website waren so gut wie keine Bilder zu sehen. Fest stand für mich aber, dass es sich keineswegs um leicht resozialisierbare Jungs handelte, wie Claudia Wartmann suggerieren wollte. Beim Lesen der Webprotokolle erfasste mich daher nicht nur eine unbändige Wut auf die Jungnazis, sondern auch auf Mütterchen Milde, die durch ihren Umgang mit den Glatzen wieder einmal bewiesen hatte, wie ungeeignet sie für polizeidienstliche Aufgaben war. Noch mehr Frust ereilte mich, als ich las, dass die aus den Sohlen der Skinheadstiefel gewonnenen Erdreich- und Gräserproben nicht mit denen von Nicoles Fundort übereinstimmten.

Mein Aktenstudium wurde durch das Klingeln des Telefons unterbrochen. Zu meiner größten Überraschung meldete sich Nadine Büchse am anderen Ende der Leitung.

»Frau Fischer, ich bin mir nicht ganz sicher, ob ich bei Ihnen an der richtigen Adresse bin, aber ich war in der letzten Woche nicht nur auf der Kirmes, um Fotos fürs Blatt zu schießen. Eigentlich hatte ich es auf die Arbeiter an der Teufelsschleuder abgesehen.«

Ich glaubte, meinen Ohren nicht trauen zu dürfen. »Sie hatten es auf wen abgesehen?«, fragte ich sicherheitshalber.

»Ich arbeite seit geraumer Zeit an einer Story über Rechtsradikalismus in Oberhausen«, fuhr sie mit zögerlicher Stimme fort.

»Und die ausländischen Arbeiter werden von den Rechten bedroht?«

»Nicht ganz, sie arbeiten mit ihnen zusammen.«

»Können Sie das beweisen?«

»Noch nicht, daher habe ich Ihnen auch beim letzten Treffen nichts davon berichtet. Wie gesagt, ich arbeite allein an der Story.«

Ich hielt es für ratsam, das Gespräch nicht am Telefon fortzusetzen und verabredete ein konspiratives Treffen für den

Abend im Restaurant *Zum Amtmann*, das trotz seines urdeutschen Namens unter türkischem Management stand. Andi wollte ich zunächst aus dieser fast unglaublichen Geschichte heraushalten, zumindest so lange, bis ich mir sicher sein konnte, dass die Lokalreporterin keinem Hirngespinst hinterherjagte. Ratlos setzte ich die Kaffeemaschine in Gang und widmete mich wieder der unerbaulichen Protokolllektüre.

* * *

Pünktlich um neunzehn Uhr fand ich mich an einem der Ecktische des türkischen Restaurants ein und wartete gespannt auf die Geschichten, die Nadine Büchse mir auftischen würde. Da ich Kohldampf bis unter beide Arme hatte, entschied ich mich dafür, einen Dönerteller zu bestellen, ohne ihre Ankunft abzuwarten. Nach dem ersten starken Mokka erschien die Undercoverjournalistin – schwer bepackt mit einer prallgefüllten Aktentasche.

»Ich weiß selbst nicht, wo ich anfangen soll, Frau Fischer. Die ganze Story muss ja ziemlich absurd klingen. Aber ich kenne außer Ihnen niemanden, an den ich mich wenden kann.«

»Außer mir weiß auch noch niemand von Ihren Recherchen, Frau Büchse«, versuchte ich Sie zu beruhigen.

»Nadine, bitte nennen Sie mich Nadine; nun da ich Sie vollends ins Vertrauen ziehen möchte.«

»Thi.«

Meine neue Duzfreundin wirkte sehr nervös. Obwohl wir die einzigen Gäste im Lokal waren, drehte sie sich mehrfach um und hielt den Griff ihrer Tasche mit beiden Händen umklammert. Sie sah kaum besser aus als an jenem Dienstag auf der Kirmes, an dem sie sich im Angesicht der Unfalltoten von mir verabschiedet hatte. Ihre Haut war käsebleich, und ihre dunkelbraunen Augen waren von tiefschwarzen Rändern unterlaufen, was mich vermuten ließ, dass sie wohl tagelang zu wenig geschlafen hatte. Als die Kellnerin an unseren Tisch trat, um Nadines Bestellung anzunehmen, begnügte sie sich mit einem Glas Wasser und einer Portion Thunfischsalat.

»Seit wann bist du hinter den Nazis her?«, fragte ich sie.

»Seit etwa einem halben Jahr. Damals kam es zu einer Schlägerei in Osterfeld, und ich wurde mit der Berichterstattung darüber betraut. Eigentlich reine Routinearbeit für eine Lokaljournalistin. Aber irgendwie fing ich an, mich für die Hintergründe dieser Gewaltorgien zu interessieren. Gemeinhin geht man ja davon aus, dass es so etwas nur in Rostock oder sonst wo in der ehemaligen DRR gibt, aber nicht hier im Ruhrpott«, erklärte sie, während sie einen Stapel Schwarzweißfotos aus der Aktentasche zog, deren oberstes einen der festgenommen Skins auf einem verwahrlosten Industriegelände zeigte.

»Kennst du eigentlich jemanden namens Dieter Brom?«, fragte ich einer inneren Eingebung folgend.

»Wen?«

»Schon gut, war nur eine Idee.«

Im selben Moment, in dem die Kellnerin unser Essen servierte, legte sie die aktuelle Ausgabe der NRZ auf die Fotografien und beobachtete die Bedienung misstrauisch bei der Ausübung ihrer Arbeit. Erst als sie verschwunden war, gab Nadine den Blick auf die Bilder wieder frei.

»Ich dokumentiere die Schritte der Rechten schon eine ganze Weile. Diese Fotos habe ich mit Teleobjektiv gemacht«, setzte sie das Gespräch fort.

»Ich kenne den Typen, das ist einer von denen, die Bekir Özal niedergestochen haben. Wo hast du das Bild geschossen?«, fragte ich, während ich mich gleichzeitig wie eine Löwin über den Dönerteller hermachte.

»Das habe ich auf einem stillgelegten Fabrikgelände in der Nähe des Mülheimer Hafens gemacht. Es ist ein beliebter Treffpunkt der Rechten, so eine Art Versammlungsplatz.«

»Das haut mich nicht gerade um«, kommentierte ich das Bild.

»Es kommt noch besser. Sieh dir das hier mal an. Es stammt aus der letzten Woche. Die drei Typen, die bei den Glatzen stehen, sind die Arbeiter von der Teufelsschleuder«, erläuterte sie ein ebenfalls auf der Industriebrache entstandenes Foto, das die beiden festgenommen Glatzen im Gespräch mit recht bieder ausschauenden Männern zeigte.

»Leider beweisen die Fotos überhaupt nichts.«

Nicole schaute mich fassungslos an. »Aber sie beweisen doch, dass die Kirmesarbeiter mit den Nazis in Kontakt standen«, sagte sie beinahe entrüstet.

»Na und, das ist doch nicht verboten. Wenn ich Ermittlungen aufnehmen soll, muss ich schon etwas mehr in der Hand haben, als ein paar Glatzen, die sich mit osteuropäischen Fahrgeschäftshelfern treffen. Und überhaupt: Wie es aussieht, war die Geschichte mit der Teufelsschleuder nichts weiter als ein tragischer Unfall, den ich in keinerlei Zusammenhang mit der Messerstecherei bringen kann.«

»Die Osteuropäer gehören auch zur rechten Szene. Ich habe ihre Bilder auf diversen Internetforen gesehen«, sagte sie und holte einen Schwung Computerausdrucke aus der Tasche.

»Hast du nur Fotos geschossen, oder gibt es noch etwas Handfestes gegen die Nazis?«

»Wie ich bereits gesagt habe, ich beschatte sie schon seit mehr als fünf Monaten. Sie scheinen irgendetwas zu planen. Ich weiß nur noch nicht genau, was.«

»Mit wem außer den Osteuropäern haben sie sich noch getroffen?«

»Sehr häufig waren Autos mit holländischen, belgischen und französischen Kennzeichen im Hof der alten Fabrik, einmal auch eins aus England.«

»Du glaubst an eine Art internationale Verschwörung?«

»Ich will nicht übertreiben, aber in den letzten Wochen haben sich die Besuche gehäuft. Bei mir hat es klick gemacht, als der junge Mann auf der Kirmes mit einem Messer attackiert wurde. Und als dann am nächsten Tag die Karussellgondel abstürzte, wollte ich das nicht als Zufall hinnehmen.«

»Arbeitest du eigentlich allein an der Sache?«

»Ja, auch wenn mir das keiner zutraut als kleiner Lokalreporterin.«

»Wie du gesehen hast, sind die Glatzen nicht ungefährlich. Sei in Zukunft ein bisschen vorsichtig und tu bitte keinen Schritt mehr, ohne ihn mit mir abgesprochen zu haben, okay?«

»Heißt das, dass wir von nun an zusammenarbeiten?«

»Wie es aussieht, ja«, antwortete ich, denn ich erhoffte mir von meiner nicht ganz ehrlichen Zusage, ihre weitere Aktivität zumindest unter meiner Kontrolle zu behalten. Gleichzeitig verspürte ich ein ungutes Gefühl, denn eine innere Stimme sagte mir, dass ihr journalistischer Ehrgeiz nicht die richtige Triebfeder war, um ein Nazinetzwerk auszuheben. Und dass sie Ruhe geben würde, konnte ich mir beim besten Willen nicht vorstellen.

»Ich habe gewusst, dass ich dir trauen kann«, sagte Nadine und machte sich endlich daran, in ihrem Thunfischsalat herumzustochern.

»Wenn ich etwas unternehmen soll, wirst du mir das vollständige Material überlassen müssen.«

»Natürlich, du kannst die Sachen mitnehmen.«

»Und denke daran, Vorsicht ist die Mutter der Porzellankiste«, versuchte ich ihr noch einmal die Gefahren zu verdeutlichen.

Nadine nickte. »Die habe ich mir besorgt«, sagte sie und zeigte mit eine Walther PPK, Kaliber 7,65, die sie aus der Innentasche ihrer blauen Jeansjacke zog.

»Kannst du damit umgehen?«

»Ein Freund hat es mir beigebracht.«

»Du hast gute Freunde«, lobte ich sie und verkniff mir die Frage, ob sie Inhaberin eines Waffenscheins war, denn ich konnte die Antwort ohnehin erahnen.

Freitag, 19. Juni

Als ob Andi und ich nicht genügend Stress und Ärger ausgesetzt gewesen wären, drohte uns am nächsten Morgen zu Dienstbeginn gleich neues Ungemach, denn unser Chef, Oberkriminaldirektor Reuther, war von seinem alljährlichen Wanderurlaub durch die Weinberge an der Mosel zurück und erwartete nun von seinen Untergebenen einen ausführlichen Rapport, wozu er ins Konferenzzimmer gebeten hatte. Wie bei solchen Treffen üblich, waren allein Andi und ich geladen. Warum dieser Kelch an anderen Kollegen stets vorüberging, hatte ich mich längst aufgehört zu fragen. Da es ohnehin nur noch knapp zwei Jahre bis zu Reuthers Pensionierung waren, begann ich auch an diesem Tag nicht damit, über den Sinn und Zweck dieses Rituals zu sinnieren, sondern freute mich vielmehr über eine Flasche Riesling, die für jeden von uns als Urlaubsmitbringsel bereitstand, denn auch dies war Bestandteil der Tradition.

Der Alte wirkte äußerlich völlig erholt: die Frühsommersonne hatte seinem schmalen Gesicht einen bronzefarbenen

Ton verliehen, und seine azurfarbenen Augen leuchteten hellwach hinter den Gläsern einer altmodischen Hornbrille, die von ausgezeichneter Qualität sein musste, denn ich kannte sie schon seit fast zwei Jahrzehnten. Einzig unregelmäßige Zuckungen seiner buschigen, grauen Augenbrauen verrieten, dass er innerlich wohl sehr angespannt war.

»Das sind ja schöne Sachen, die ich da in meinem Urlaub aus der Zeitung erfahren musste«, begrüßte er uns, und outete sich dabei unfreiwillig als Boulevard-Zeitungsleser.

Andi und ich lächelten uns an.

»Ich weiß nicht, was es da zu lachen gibt. Zwar lobe ich Ihren Einsatz auf der Fronleichnamskirmes ausdrücklich, Frau Fischer, doch ansonsten kann ich an Ihrer Arbeitsweise nichts weiter Rühmliches finden; das gilt natürlich auch für Sie, Herr Ganster.«

»Unsere Ermittlungen laufen auf Hochtouren. Immerhin haben wir die Messerstecher von der Kirmes bereits dingfest gemacht, und sie sitzen hinter Schloss und Riegel«, wehrte sich Andi.

»Sie wissen genau, dass ich nicht von diesen lächerlichen Neonazis spreche, mein lieber Herr Ganster. Was mich empört, ist vielmehr die Tatsache, dass sowohl das Kirmesopfer als auch dieser Arzt vom Verfassungsschutz spurlos verschwunden sind, obwohl sie dies hätten verhindern können.«

»Der Verfassungsschützer hatte ein Alibi und einen Dienstausweis. Es war schon peinlich genug, ihn eine Nacht in den Bunker zu stecken. Uns blieb also keine andere Wahl, als ihn wieder auf freien Fuß zu setzen. Wir konnten ja nicht in Voraus wissen, das dieser Kerl so unkooperativ sein würde«, erklärte Andi.

»Sie hätten ihn zumindest observieren lassen können«, warf der Alte ein.

»Wer hätte dies bitteschön tun sollen? Frau Fischer und ich hatten und haben alle Hände voll zu tun, schließlich ist da noch die Sache mit dem verunglückten Karussell und dem Leichendiebstahl.«

»Ich kenne unsere bedrückende personelle Situation, Herr Ganster. Wir können dieses Problem im Augenblick eben nur durch verstärkten persönlichen Einsatz kompensieren.«

»Nun sind wir ja Gott sei Dank wieder zu dritt«, erwiderte Andi spöttisch.

Reuther holte tief Luft, verzichtete aber auf eine Entgegnung.

»Wie hätten Herr Ganster und ich ahnen sollen, dass Bekir Özal nach seiner Entlassung aus dem Krankenhaus untertauchen würde?«, fragte ich.

»Herr Özal ist ein wichtiger Zeuge. Auf solche Leute muss man stets ein Auge haben, Frau Fischer. Dass ich Ihnen als erfahrene Kriminalistin so etwas noch sagen muss, ist bereits erschreckend genug.«

»Das würde bedeuten, dass ich Doktor Hirnstein hätte beschatten sollen, und Frau Fischer sich an die Fersen des Türken hätte heften sollen?«, provozierte Andi den Alten weiter.

Wieder enthielt sich Reuther einer Antwort.

»Angesichts seiner schweren Stichwunden war ich überrascht, dass Herr Özal den Angriff überhaupt überlebt hat. Ich war erstaunt, dass man ihn schon nach ein paar Tagen wieder soweit zusammengeflickt hatte, um ihn nach Hause zu entlassen«, warf ich ein.

»Das Josef-Hospital ist kein Dschungelkrankenhaus, und die moderne Gefäßchirurgie vermag weit mehr, als Sie sich in Ihren kühnsten Träumen vorstellen können, meine liebe Frau Fischer«, belehrte mich der Alte, lief aber, kaum hatte er seinen Satz vollendet, knallrot an.

Offensichtlich hatte er bemerkt, dass ich den Begriff Dschungelkrankenhaus in Kombination mit begrenztem Vorstellungsvermögen als Abwertung meiner ethnischen Herkunft hätte auffassen können, was ich zwar nicht tat, mir aber augenblicklich vorzugaukeln vornahm.

»Ach, so ist das«, antwortete ich mit leiser Stimme und senkte den Blick dabei. Andi begriff das Spiel augenblicklich und unterstützte mich durch Schweigen.

Reuther wirkte sichtlich irritiert und begann nervös mit den Fingern auf die Tischplatte zu klopfen.

»Und was sagen Sie dazu, Herr Ganster?«, fragte er mit fahriger Stimme.

»Ich war noch nie im Dschungel, Chef«, lautete seine Antwort, die er knochentrocken hervorbrachte.

»Das ist Subversion!«, brüllte der Chef.

Andi grinste zufrieden.

»Ich werde Ihnen Ihr freches Grinsen noch abgewöhnen«, fuhr Reuther mit noch immer erregter Stimme fort, während er von seinem Stuhl aufsprang und wie ein Irrwisch im Raum auf und ab zu laufen begann.

»Wir tun, was wir können, Chef. Aber wir können uns nicht zerreißen. Natürlich ist es ungünstig, gleich zwei Zeugen zu verlieren. Aber wir werden ihre Spuren schon wieder aufnehmen«, versuchte ich ihn zu beruhigen.

»Ihr Wort in Gottes Ohr«, erwiderte er.

»Was uns im Moment viel größere Sorgen bereitet, ist die Tatsache, dass in der Stadt mindestens ein Nekrophiler frei herumläuft, von dem wir nicht wissen, wann er das nächste Mal zuschlagen wird. Ich brauche Ihnen wohl nicht zu erklären, welche Mühen wir investieren mussten, um die Geschichte aus der Presse zu halten«, berichtete ich ihm.

Reuther schaute mich fassungslos an. Ich bemerkte sofort, dass er von der Leichenschändung noch nichts gehört hatte. »Was sagen Sie da?«, fragte er, während er sich mehr taumelnd als laufend wieder seinem Stuhl näherte.

Andi lächelte weiter genüsslich vor sich hin.

»Die Obduktion hat zweifelsfrei ergeben, dass die drei Toten homosexuell missbraucht wurden.«

Fassungslos fiel der Alte auf seinen Platz. »So etwas hat es in Oberhausen noch nicht gegeben«, flüsterte er.

»Sylvia Tütenerde meint sich an einen Fall von Totenschändung in den Achtzigern erinnern zu können. Wie sie sagte, sei der Fall damals unaufgeklärt geblieben«, versuchte ich das Gespräch in Gang zu halten.

»Das war etwas ganz anderes«, stammelte Reuther.

»Verstehen Sie nun, warum wir die beiden Zeugen nicht rund um die Uhr beschatten konnten?«, brachte Andi sich wieder ein.

Der Chef schien ihn nicht zu hören. Mit leeren Augen starrte er vor sich hin. »Das ist entsetzlich, ganz entsetzlich«, lautete sein einziger Kommentar, dann erhob er sich und verließ das Konferenzzimmer.

»Welchen Tatbestand erfüllt vollzogener Missbrauch an Verstorbenen eigentlich?«, fragte ich Andi, nachdem der Alte weg war.

»Darüber habe ich mir auch schon Gedanken gemacht. Körperverletzung ist es auf keinen Fall und auch keine Sachbeschädigung, weil ein Toter immer noch ein Mensch und keine Sache ist«, sagte er, erhob sich, nahm einen Band des Strafgesetzbuches aus dem Regal und begann darin zu blättern. »Hör dir mal an, was der Gesetzgeber unter Paragraph 168 zu unserem Fall sagt«, fuhr er fort und begann mit spöttischer Stimme vorzulesen: »*Wer unbefugt aus dem Gewahrsam des Berechtigten den Körper oder Teile des Körpers eines verstorbenen Menschen, eine tote Leibesfrucht, Teile einer solchen oder die Asche eines verstorbenen Menschen wegnimmt, oder wer daran beschimpfenden Unfug verübt, wird mit Freiheitsstrafe bis zu drei Jahren oder mit Geldstrafe bestraft.*«

»Beschimpfender Unfug. Das ist auch eine nette Umschreibung für Leichenschändung«, wunderte ich mich.

»Sind Beamte der Mordkommission wirklich dazu da, Leute dingfest zu machen, die beschimpfenden Unfug verüben? Wohl kaum! Meine liebe Thi, ich würde sagen: Wir sind aus dem Schneider«, sagte er mit einem triumphierenden Lächeln und schlug das Buch zu.

»Mir ist schnuppe, wer hier zuständig ist. Ich hol mir den oder die Täter. Wenn es sein muss, auch allein. Ich habe heute schon genug Zeit verplempert.«

Andi schaute mich enttäuscht an. Dann verließ auch ich das Zimmer und machte mich auf den Weg in die proktologische Praxis Hirnstein, wo ich mir den Ehemann des untergetauchten Verfassungsschützers etwas genauer anschauen wollte.

* * *

In den herrenlosen Praxisräumen fand ich gegen 13 Uhr allein den Strohwitwer vor, der sich über meinen Besuch nicht im Geringsten zu wundern schien und gerade damit beschäftigt war, einen Piccolo Champagner zu vertilgen.

»Ah, endlich jemand von der Polizei. Ich bin schon fix und fertig. Ich habe nicht die geringste Ahnung, wo mein Mann steckt«, sagte er, während er mit gespielter Hektik eine zweites Fläschchen Flitzewasser öffnete und dessen halben Inhalt in eine Sektflöte goss, die er mir dann überreichte. »Das können wir wohl im Moment alle gebrauchen«, fuhr er fort und füllte auch sein Glas sogleich wieder auf.

Die Rezeption unterschied sich leider nicht von Theken in anderen Arztpraxen. Ich war ein wenig enttäuscht, hatte ich doch insgeheim gehofft, Kristalllüster, Nippes, Legionen von rosa Plüschtieren oder zumindest übertriebenen Blumenschmuck vorzufinden. Stattdessen strahlten die Räume in einem sterilen und funktionalen Weiß. Der Sprechstundenhelfer entsprach auch nicht gerade meinen Vorstellungen von einem emanzipierten Eindringling in eine Frauendomäne, denn er verkörperte eher den Typus eines Kirmesboxers. Herr Hirnstein war von kräftiger Statur, maß mindestens einen Meter neunzig, hatte dunkelblondes, kurz geschnittenes Haar, und seine strahlend blauen Augen wirkten skandinavisch. Einzig seine helle und fistelhafte Stimme wollte nicht zu seiner muskulösen und kräftigen Erscheinung passen.

»Ich möchte Sie darauf aufmerksam machen, dass Sie nicht verpflichtet sind, mir Auskünfte zu erteilen. Aber es ist bestimmt auch in Ihrem Interesse, das wir Ihren Mann so schnell wie möglich finden, Herr Hirnstein.«

»Ich stehe Ihnen voll und ganz zur Verfügung, Frau Fischer. Ich bin ja froh, dass Sie endlich hier sind. Sie können sich gar nicht vorstellen, was ich seit gestern durchgemacht habe.«

»Wussten Sie eigentlich, dass Ihr Mann Mitarbeiter des Verfassungsschutzes ist?«

»Nein, davon hat er mir nie etwas erzählt. Wie Sie sich sicher vorstellen können, war ich ziemlich erstaunt, als ich von der Geschichte mit den Schüssen bei der Beerdigung gehört habe. Ich war geradezu schockiert.«

»In welchem Verhältnis stand Ihr Gatte eigentlich zu seinem Verleger?«

»Thomas hat in seiner historischen Forschung und in seiner schriftstellerischen Arbeit Erfüllung gefunden. Ich glaube, dass er über den Tod von Robert Pielecke einfach nur enttäuscht war. Dies ist auch meine Erklärung dafür, dass er auf den Sarg Pieleckes geschossen hat. Sie müssen mir glauben, Frau Fischer, Thomas hat mit dem Mord nichts zu tun. Er wäre gar nicht fähig, einen Menschen zu töten. Er ist Arzt, seine Berufung ist es, Leben zu retten, nicht es auszulöschen.«

»Kennen Sie einen Mann namens Bekir Özal?«

Hirnsteins Mine verfinsterte sich. »Ja, er ist ein Freund von Thomas. Ein fürchterlicher Mensch. Ein orientalischer Macho durch und durch. Einfach nur ordinär. Ich weiß nicht, was Thomas an einem solchen Menschen finden kann«, erklärte er, während er einen weiteren Piccolo köpfte.

»Bestand für Sie ein Grund zur Eifersucht, Herr Hirnstein?«

Er lachte beinahe hysterisch, fing sich aber nach wenigen Sekunden wieder. »Um Gottes willen, nein. Wo denken Sie hin, Frau Fischer? Thomas würde mich nie mit einem Macho betrügen. Und außerdem: Unsere Ehe ist hervorragend.«

»Seit wann sind Sie eigentlich verheiratet?«

»Im August wird es ein Jahr«, antwortete er nicht ohne Stolz.

»Hat er sich seit seiner Haftentlassung bei Ihnen oder bei einem Ihrer Freunde gemeldet?«

»Nein, das ist es ja eben, was mich rasend vor Sorge macht. Er hat nichts von sich hören lassen, und auch sein Handy ist ausgeschaltet. Ich habe mir in den letzten Stunden beinahe die Finger wund gewählt.«

»Ich habe gehört, dass Sie eine Yacht auf dem Baldeneysee besitzen. Kann es sein, dass Ihr Mann sich dort verborgen hält?«

»Nein, das glaube ich nicht. Ach Gott, ja, die Flamingo. Thomas liebt sie so sehr. Ich kann leider nicht schwimmen, von daher kann ich diese Leidenschaft mit ihm nicht teilen. Ich habe noch nie einen Fuß auf die Planken irgendeines Bootes gesetzt, aber ich gönne ihm sein Hobby von ganzem Herzen. Wir führen seine sehr gute Ehe, Frau Fischer. Bitte halten Sie mich nicht für ein Klammeräffchen«, versuchte er mir schwadronierend seine Befindlichkeiten zu erläutern.

»Wo liegt das Boot Ihres Gatten, Herr Hirnstein?«

»Irgendwo am Baldeneysee. Ich glaube, er hat einen Liegeplatz im Yachthafen in der Nähe des Campingplatzes. Aber, wie bereits gesagt, ich freue mich für ihn, dass er sein Boot so sehr liebt, aber gesehen habe ich es noch nie.«

Da mir der Sinn nicht nach einem weiteren Gläschen halbtrockener Puffbrause stand und ich nun zumindest ahnen konnte, welches Refugium dem Verfassungsschützer zur Verfügung stand, machte ich mich daran, seinen Gatten wieder zu verlassen. Bevor ich ging, versprach ich allerdings, mich umgehend zu melden, sollte der Freizeitkapitän irgendwo angespült werden.

* * *

In der Voraussicht, dass mir aller Wahrscheinlichkeit nach ein einsames Wochenende bevorstehen würde, entschloss ich mich auf der Heimfahrt, einen kleinen Schlenker zu machen, um Frau Özal einen Besuch abzustatten. Gespannt auf meinen ersten Besuch im Heim einer Kopftuchträgerin parkte ich meinen Wagen in der Nähe des Hauses Ostermann. Pielecke schien seine Hausangestellte fürstlich entlohnt zu haben, denn die alleinstehende Frau wohnte nicht gerade in einem klassischen Gastarbeiterviertel.

Beim Betreten der Wohnung in der zweiten Etage eines dreigeschossigen Jugendstilbaus wurden meine Erwartungen zum zweiten Mal an diesem Tage enttäuscht. Statt orientalischer Pracht sah ich mich von schlichter IKEA-Funktionalität umgeben.

Na ja, schließlich befand sich auch in meiner guten Stube außer ein paar Urlaubsmitbringseln aus Thailand kein asiatischer Schnickschnack, der Besuchern meine vietnamesischen Wurzeln hätte verraten können, dachte ich mir und schwor mir fortan im Vorfeld irgendwelcher Besuche keinerlei Bilder mehr vor meinem geistigen Auge zu erzeugen.

Frau Özal empfing mich ohne Kopftuch. Zumindest wurden meine Erwartungen in diesem Punkt voll und ganz erfüllt, denn irgendjemand hatte mir mal erzählt, dass muslimische Frauen daheim barhäuptig herumlaufen würden. Sie wirkte zerknirscht und traurig. Ich konnte mich des Eindrucks nicht erwehren, dass sie kurz zuvor noch geweint haben musste.

»Bekir ist gestern direkt aus dem Krankenhaus zu mir gekommen. Als ich ihm erzählt habe, dass Nicole Rating ermordet worden ist, hat er sich furchtbar erregt und ist davongelaufen. Ich habe ihn noch nie so fassungslos und wütend gesehen«, sagte sie, während sie mir einen Platz auf einer zweisitzigen Couch anbot und mir ungefragt eine Tasse Kaffee einschenkte.

»Haben Sie eine Ahnung, wohin er gegangen sein könnte?«

Frau Özal machte ein nachdenkliches Gesicht. »Frau Fischer, ich muss Ihnen sagen, dass Bekir sich in den letzten Monaten sehr verändert hat. Früher hat er mir alles erzählt. Aber seit einem halben Jahr komme ich nicht mehr an ihn heran. Ich würde Ihnen gern helfen, aber nicht einmal mir hat er erzählt, was auf der Kirmes los war.«

»Und Sie haben auch keine Ahnung, wo er stecken könnte?«, hakte ich nach.

»Nein, bei sich zu Hause ist er nicht. Ich hoffe, dass er wiederkommt, sobald er sich beruhigt haben wird.«

»Sie leben hier allein, Frau Özal?«

»Ich lebe seit dem Tod meines Mannes allein. Meine Töchter sind schon vor einigen Jahren in die Türkei zurückgekehrt. Obwohl ›zurückgekehrt‹ vielleicht das falsche Wort ist. Ausgewandert wäre wohl richtiger. Wie dem auch sei, sie arbeiten als Reiseleiterinnen für die TUI; und wie es aussieht, werden sie wohl nicht mehr nach Deutschland zurückkehren.«

»Und warum sind Sie nicht in die Türkei zurückgegangen?«

»Merkwürdig, dass ausgerechnet Sie mich das fragen, Frau Fischer. Ich könnte Ihnen eine ähnliche Frage stellen«, meinte Sie und sah mich dabei ernst an.

»Was macht Bekir eigentlich beruflich?«

»Er studiert Elektrotechnik an der Uni in Duisburg. Nächstes Jahr ist er fertig. Nebenbei arbeitet er in einer kleinen Computerfirma.«

»Ich habe von verschiedenen Seiten gehört, dass er sich in Bezug auf Herrn Pielecke in eine Art blinden Hass gesteigert habe. Man sagte mir, er sei von der Idee, dass Pielecke der Kopf einer internationalen Naziverschwörung gewesen sei, geradezu besessen.«

»Wer erzählt denn so ein dummes Zeug?«

»Doktor Hirnstein hat es meinem Kollegen und mir so zu Protokoll gegeben.«

»Sie schenken den Worten eines geistig kranken Mannes Glauben, Frau Fischer? Ich bin doch sehr überrascht, erst recht seit ich von Doktor Hirnsteins Benehmen auf der Beerdigung von Herrn Pielecke gehört habe.«

Ich fragte mich einen Augenblick lang, wie sich der Vorfall bis zu ihr herumgesprochen haben konnte, erinnerte mich dann aber an Andis Geprahle und an die gespitzten Ohren Bugenhagens. »Warum waren Sie eigentlich nicht auf der Beerdigung?«

»Ich habe auf meine eigene Art und Weise Abschied von Herrn Pielecke genommen. Seit dem Tod meines Mannes habe ich keine Beerdigung mehr besucht, Frau Fischer.«

»Hat Bekir eigentlich eine Freundin?«

»Das weiß ich nicht.«

»Ich finde es etwas seltsam, dass Sie als seine Tante und Verwandte diese Frage nicht beantworten können«, sagte ich und nippte sodann an meinem Kaffee, der höllisch stark und mit mindestens drei Löffeln Zucker gesüßt war. Auch dieses türkisches Klischee traf also auf Frau Özal voll zu.

»Ich wollte damit sagen, dass Bekir mir nie eine offizielle Freundin vorgestellt hat.«

»Bedeutet dies automatisch, dass es auch keine gibt? Was ist zum Beispiel mit Nicole Rating? Ich habe den Eindruck, dass Ihr Neffe dem Mädchen sehr zugetan war.«

»Nicole war ein anständiges Mädchen. Ich habe sie beinahe aufwachsen sehen. Bekir und sie waren im selben Alter. Beide waren als Kinder eng miteinander befreundet. Diese Freundschaft war in den letzten Jahren zwar nicht mehr so innig, ist aber auch nicht völlig erloschen. Für mich ist es nur verständlich, das Bekir über ihre grausame Ermordung die Fassung verliert.«

Ich kam ein wenig ins Schleudern, denn ich traute mich nicht recht, sie nach den amourösen Vorlieben ihres Neffen zu befragen. Diese Hemmung hatte weniger damit zu tun, dass ich mich in einem muslimischen Haushalt befand, sondern eher mit der Tatsache, dass Frau Özal mir sehr sympathisch war und ich mir vorzustellen glaubte, wie sehr es sie getroffen hätte, wenn Bekir homosexuell gewesen wäre.

»Versprechen Sie mir, sich zu melden, sobald Sie eine Nachricht von Bekir bekommen?«, bat ich sie zum Abschied.

»Natürlich, Frau Fischer. Sobald ich etwas höre, werden Sie die Erste sein, die ich unterrichte«, antwortete sie, und mir blieb nichts anderes übrig, als zu hoffen, dass sie es mit mir aufrichtiger meinte, als ich mit dem verlassenen Ehemann Doktor Hirnsteins.

Samstag, 20. Juni

Nachdem ich den Freitagabend allein mit ein paar Tässchen Pfefferminztee vor dem Fernseher verbracht und in der Nacht von allerhand Blödsinn geträumt hatte, saß ich am Samstag bereits um acht Uhr am Frühstückstisch und überlegte, wie ich Andi am besten über meine privaten Ermittlungen der letzten Tage informieren sollte. Es war in unserer Partnerschaft nicht gerade so, dass einer dem anderen über jeden Schritt und jede Überlegung peinlich genau Rechenschaft schuldete, aber ich befürchtete, dass er über meine Zusammenarbeit mit Nadine Büchse, wenn ich dies überhaupt eine Zusammenarbeit nennen durfte, alles andere als begeistert sein würde. Verschweigen wollte ich ihm ihre Ermittlungsresultate zwar nicht, hielt es aber zunächst für besser, ihn zu Wochenbeginn zunächst vom Liegeplatz der Hirnstein'schen Yacht in Kenntnis zu setzen, und mir den Rüffel, Nadine ihr illegal erworbenes Schießeisen nicht abgenommen zu haben, erst später abzuholen.

Vergeblich versuchte ich mich mit der Wochenendausgabe der WAZ abzulenken, die zu meinem größten Erstaunen nichts mehr über den Mord an Pielecke, den Kirmesunfall oder den Leichenraub zu berichten wusste. Gegen zehn Uhr schließlich nahm ich mir noch einmal das von Nadine gesammelte Material zur Brust und schaute mir zum x-ten Mal die Fotos an, stellte einmal mehr fest, dass ich mit ihnen nichts anzufangen wusste und entschied mich dann, zum Telefonhörer zu greifen, um mich mit meiner unfreiwilligen Partnerin zu einem weiteren konspirativen Gespräch für den späten Nachmittag im Café Fuchs auf der Elsässer Straße zu verabreden. Dass es sich dabei wieder um ein von Orientalen betriebenes Lokal handelte, musste wohl einem unterbewussten Zwang zugeschrieben werden, den einzig und allein Doktor Molitor hätte benennen können.

Bei strahlendem Sonnenschein trafen Nadine und ich pünktlich um siebzehn Uhr vor dem Café ein und setzten uns unter einen der Sonnenschirme auf der Terrasse.

»Ich werde aus deinen Unterlagen nicht recht schlau«, eröffnete ich unser Kaffeekränzchen, während wir beide in unseren Latte Macchiato rührten.

Nadine schaute mich erstaunt und zugleich enttäuscht an. »Warum? Die Bilder und das übrige Material beweisen doch schon eine ganze Menge.«

»Es ist immer besser, Täter in flagranti zu ertappen«, erklärte ich ihr und ärgerte mich zugleich darüber, dass, kaum nippte ich an einem italienischen Kaffe, ich »in flagranti« statt »auf frischer Tat« gesagt hatte.

»Ich kann die Glatzen solange beschatten, bis sie ihr nächstes Ding drehen. Dann mache ich Fotos, und wir haben die entgültigen Beweise, um sie in den Knast zu bringen«, sagte sie.

»Offen gestanden halte ich es für besser, du würdest uns diese Arbeit überlassen.«

»Aber warum denn? Ich bin doch nun schon lange an der Sache dran. Du kannst von mir unmöglich erwarten, dass ich so kurz vor dem Ziel aufgebe. Das wäre unfair.«

»Ich sage auch nicht, dass du deine Ermittlungen aufgeben sollst. Ich bitte dich nur, keinen Schritt mehr ohne mich zu gehen.«

Nadine schwieg. An der Bewegung ihrer Augen konnte ich jedoch erkennen, dass ihr Denkapparat auf Hochtouren lief. »Okay, ich will dir zeigen, wo ich die Bilder gemacht habe. Aber du musst mir dafür versprechen, dass ich die Story exklusiv bekomme. Abgemacht?«, sagte sie schließlich, und dem zögerlichen Klang ihrer Stimme konnte ich entnehmen, dass sie mir nicht recht traute.

»Okay!«, gab ich mein zweites Versprechen innerhalb von vierundzwanzig Stunden, von dem ich nicht wissen konnte, ob und wie ich es halten sollte.

Als wir uns erhoben, sah ich das Ehepaar Hebeisen über die Einkaufsmeile schlendern. Beide waren nur noch Schatten ihrer selbst und wirkten wie Leichen auf Urlaub. Ich konnte nicht einschätzen, ob sie mich nicht sahen oder nicht sehen wollten – beides wäre mir an diesem Mittag jedoch mehr als recht gewesen.

»Wir fahren mit meinem Wagen«, entschied Nadine, ohne meine Zustimmung abzuwarten.

»Willst du mir nicht die Augen verbinden?«, versuchte ich einen Kalauer, der jedoch bei ihr auf taube Ohren stieß.

Von der Oberhausener City aus führte unser Weg über die Alte Ruhr bei Styrum Richtung Spelldorf. Kurz hinter der Mülheimer Stadtgrenze parkte sie ihren Wagen auf der Raffelbergbrücke in Höhe des Wasserkraftwerkes.

»Hier treffen sich also die Glatzen?«

»Nur Geduld. Du wirst staunen, wenn du siehst, was ich dir zu zeigen habe«, antwortete sie, während sie eine recht ramponierte und altertümlich wirkende Schweinsledertasche, einen sogenannten Hebammenkoffer, von der Rückbank ihres Opel Astra nahm.

Ich verzichtete darauf, nach deren Inhalt zu fragen, denn ich befürchtete, durch zu viel Neugier einen unprofessionellen Eindruck erwecken zu können. Früher oder später, so sagte ich mir, würde ich ohnehin erfahren, welche Utensilien sie für ihren investigativen Journalismus benötigte.

Gemeinsam machten wir uns auf den Fußmarsch über den Leinpfad entlang der Ruhr. Nach etwa fünfzehn Minuten drangen vom gegenüberliegenden Ufer unartikulierte Rufe aus jungen Männerkehlen zu uns herüber, was für mich ein sicheres Indiz dafür war, dass wir unseren Ausguck bald erreicht haben mussten. Ich folgte Nadine eine steile Uferböschung hinunter, wo wir im Schatten einer mächtigen Pappel endlich nicht mehr der stechenden Sonne ausgesetzt waren, die trotz der fortgeschrittenen Uhrzeit noch immer erbarmungslos brannte. Meine Zunge klebte am Gaumen, und erst jetzt fiel mir ein, dass es klug gewesen wäre, hätten wir die eine oder andere Flasche Mineralwasser als Wegzehrung mitgeführt.

»Von hier aus haben wir einen guten Blick auf das stillgelegte Fabrikgelände einer ehemaligen Drahtseilerei am anderen Ufer«, verkündete sie in der Manier einer Reiseleiterin, zog zwei Feldstecher aus ihrem Hebammenkoffer und überreichte mir einen davon. Gott sei Dank holte sie mit dem nächsten Handgriff auch noch zwei Flaschen Wasser aus ihrer Wundertüte.

Bevor ich das Glas an meine Augen setzte, trank ich die für mich vorgesehene Flasche fast zur Hälfte in einem Zug leer. Dann machte ich mich daran, den Hof der Drahtseilerei auszuspähen.

Das primitive Geschrei rührte von einer etwa zehnköpfigen Glatzengruppe. Die Skins saßen auf der Kaimauer eines halbverfallenen Frachtschiffsanlegers, rauchten aus einer riesigen Gemeinschaftstüte Gras und schienen unsere Ankunft nicht bemerkt zu haben. In ihren Hirnen steckten offenbar ebenso wenige Zellen wie Haare auf ihren Köpfen zu zählen waren, denn die Batterie geleerter Bierdosen, die sich auf dem Hof türmte, hätte normalen Menschen den Garaus bereiten müssen.

»Und diese Kulturfestspiele gönnst du dir jeden Abend?«, fragte ich, während ich noch immer in die geistlosen Gesichter der Kiffer schaute.

»Observation macht halt nicht immer Spaß, das müsstest du doch an besten wissen«, antwortete Nadine ernst.

»Und auf was sollen wir nun warten?«

»Ich hoffe, das sie nicht nur zum Saufen und Kiffen gekommen sind, sondern noch Besuch erwarten. Ich bin gespannt, was sie sich zu erzählen haben«, meinte sie und machte sich daran, ein Richtmikrofon mit einem Kopfhörer und einem Kassettenrekorder zu verbinden, wie ich ihn seit mindestens zwanzig Jahren nicht mehr gesehen hatte.

Da meine Partnerin nun, im Stile einer Vogelkundlerin, den lieblichen Geräuschen der Glatzen zu lauschen begann, setzte ich mich ins Gras und ließ meinen Blick, mal durchs Fernglas, mal ohne Verstärkung über die Wasserflächen gleiten.

Nachdem Nadine einige Male Kassetten und Batterien gewechselt hatte, blickte ich auf meine Armbanduhr, sie zeigte 19.45 Uhr.

»In gut zwei Stunden wird es dunkel, wenn sich bis dahin auf der anderen Seite nichts getan hat, helfen uns die Gläser verdammt wenig.«

Kommentarlos entnahm sie ihrer Tasche ein russisches Nachtsichtgerät, was mich befürchten ließ, im Hafengras nächtigen zu müssen. Trotzdem machte ich gute Miene zum bösen Spiel, schließlich hielt ich es für besser, an ihrer Seite zu wachen, als mir später den Vorwurf machen zu müssen, eine Oberhausener Anna Politkowskaja allein gelassen zu haben.

Nachdem ich alle Enten, Haubentaucher und Blesshühner ausgiebig studiert hatte und wohl auch die Flugbahn jeder einzelnen Möwe in- und auswendig kannte, bekamen wir von der Wasserfront aus überraschend Gesellschaft. Aus der Ruhr kommend, bog eine imposante Motoryacht mit viel zu hohem Tempo in die spiegelblanken Hafengewässer ein.

»Was will der denn hier?«, wunderte sich Nadine, und ich staunte darüber, dass sie nach stundenlangem Schweigen noch zu einer Artikulation fähig war. Noch mehr staunte ich jedoch, als ich durch den Feldstecher den Namen *Flamingo* auf dem Bug des Sportbootes las. Auf der Brücke erkannte ich Thomas Hirnstein, der eine schneeweiße Kapitänsmütze trug und mittels eines Fernrohrs die Lage ausspähte. An Deck saß eine zweite Person, die ihren Kopf so unglücklich auf ihren Händen abgestützt hatte, das ich trotz intensivster Bemühungen nicht einmal hätte bestimmen können, ob es sich bei ihr um ein Männlein oder Weiblein handelte. Instinktiv ducken wir uns gleichzeitig hinter ein mächtiges Brombeergebüsch. Ich hatte Mühe, meine Überraschung zu verbergen, denn ich wollte Nadine unter keinen Umständen auf die Nase binden, dass der Flamingoskipper der von mir vermisste Verfassungsschützer war. Meine Zurückhaltung hatte weniger damit zu tun, dass es mir peinlich gewesen wäre, von Hirnstein verarscht worden zu sein, sondern vielmehr damit, dass ich nicht noch mehr wirre Flausen in ihr Hirn pflanzen wollte.

Nachdem der Skipper das eintönige Verhalten der Glatzen ausgiebig studiert hatte, warf er hinter einem auf Reede liegenden Frachtschiff seinen Anker. Noch immer hatte ich nicht ausmachen können, um wen es sich bei seinem Passagier handelte, ein Umstand, den ich als sehr betrüblich empfand, da uns keine andere Wahl zu bleiben schien, als auf das Lichten des Hirnstein'schen Ankers zu warten. Ich war stinksauer. Einen ungünstigeren Liegeplatz hätte Hirnstein kaum wählen können – Nadines Nachtsichtgerät hin oder her.

»Kannst du dein Mikrophon auf das Boot ausrichten?«

»Leider sind die Batterien leer«, antwortete sie, und zog dabei ein miesepetriges Gesicht.

»Scheiße.«

»Warum interessiert dich denn das Gelaber von diesen Typen auf dem Boot?«

»Ich bin mir nicht recht sicher, aber ich glaube, ich kenne die Männer auf dem Boot«, schwindelte ich ein wenig, während ich mit dem Gedanken zu spielen begann, zur Yacht zu schwimmen, um dort im Schutze ihrer Bordwand meine Ohren zu spitzen, eine Überlegung, die ich, kaum hatte ich sie aufgenommen, augenblicklich in die Tat umsetzen wollte. »Ich schwimme mal rüber und schau mir an, was die dort wollen«, fuhr ich fort, obgleich mir die Vorstellung, ins schmierige Mischwasser aus Ruhr und Hafen zu klettern, alles andere als angenehm war.

»Respekt«, lautete Nadines Kommentar.

»Ich habe keine Waffe dabei. Würdest du mir deine Pistole ausleihen, ich kann sowieso besser damit umgehen«, sagte ich.

Bereitwillig zog sie die Walther aus ihrer Tasche und überreichte sie mir. Die Wumme war geladen, durchgespannt und entsichert. »Du willst mit dem Ding dort rüberschwimmen?«, fragte sie überrascht.

»Reiner Selbstschutz«, erklärte ich ihr mit einem Lächeln, als ich die Kanone sicherte und in den Bund meiner Jeans steckte. Ein Problem war damit gelöst, dachte ich und fühlte mich ein wenig erleichtert. »Acht Schuss können unter Umständen etwas wenig sein«, fuhr ich fort.

Nadine begriff sofort und rückte auch das prallgefüllte Reservemagazin heraus. Nachdem ich das Magazin in meiner Hosentasche hatte verschwinden lassen, entledigte ich mich meiner Schuhe und stieg in die bräunliche Brühe, dabei erinnerte ich mich daran, in der Polizeischule einmal etwas über die Funktionstüchtigkeit von Handfeuerwaffen unter Einwirkung von Wasser gehört zu haben, wusste aber nicht mehr, ob man nun mit nassen Pistolen oder eben mit nassen Revolvern schießen konnte. Mit Schusswaffen und Zahncreme verhielt es sich in meinem Erinnerungsvermögen ähnlich – abends Aronal und morgens Elmex, oder umgekehrt? Bei meinen ersten Zügen versuchte ich meine alten Zwänge und paranoiden Ängste vor Krokodilen, Schnappschildkröten und anderen gefährlichen Wasserbewohnern zu überwinden und war bemüht, mich daran zu erinnern, wann ich zum letzten Mal in nicht chlorangereichertem Wasser geschwommen war, stellte aber mit Schrecken und Panik fest, dass ich meine Gedanken nicht von der Einstiegsszene in dem Film *Der Weiße Hai* lösen konnte.

Nach etwa fünf Minuten erreichte ich den Bug des Frachtkahns. Vorsichtig wagte ich einen Blick zur Flamingo. Hirnstein und sein Gast hatten sich in der Zwischenzeit wohl unter Deck zurückgezogen. An Bord konnte ich jedenfalls keine Menschenseele ausmachen. Im Schatten der Bordwände schwamm ich dichter an die Flamingo heran, merkte dort aber sehr rasch, dass sich nirgends eine Möglichkeit zum Festhalten bot und sich so meine Verweildauer wohl in engen Grenzen halten würde. Ich legte mein Ohr an die Kunststoffbordwand und begann meine Spitzeltätigkeit. Außer einigen Wortfetzen drang jedoch nichts zu mir heraus. Ich glaubte, Bekir Özals Stimme zu vernehmen, wusste aber nicht genau zu bestimmen, ob meine schwindenden Kräfte meinen Geist beeinflussten oder ihm gar einen Streich spielten. Als ich mich gerade auf den Rückweg machen wollte, erblickte ich achtern ein mittelgroßes Membrum, aus dem mit einem kräftigen Strahl eine Ladung Urin ins Hafenwasser entlassen wurde. Der Umstand, dass der Penis beschnitten war, ließ in mir die endgültige Gewissheit reifen, dass es sich um Bekir Özal handeln musste. Augenblicklich kraulte ich aus Leibeskräften zurück zum Ufer, wo Nadine mich bereits erwartete. Dummerweise hatte sie weder ein Handtuch noch trockene Klamotten in ihrer Werkzeugtasche.

»Ich habe mich wohl getäuscht«, erklärte ich ihr mit gestelzter Verlegenheit.

Als ich mir daheim nach einer gründlichen Dusche endlich trockene Klamotten angezogen und mir ein eiskaltes Pils aus dem Kühlschrank geangelt hatte, fand ich Zeit, meinen Anrufbeantworter abzuhören, auf dem sowohl Paul als auch Andi die Nachricht hinterlassen hatten, dass die Abschlussberichte der Kriminaltechnik und des TÜV bezüglich des Kirmesunfalls eingegangen seien. Beide Gutachten hatten bestätigt, dass es sich zweifelsfrei um einen Materialfehler an der Teufelsschleuder gehandelt hatte. Während Paul sich dafür entschuldigte, mir diese Mitteilung erst mit zweitätiger Verspätung zu machen, versuchte Andi sie mir als brandheiße Sensation zu verkaufen. Es machte mich zwar nicht sauer, erst am Wochenende von dieser Arbeitserleichterung zu erfahren, bestärkte mich aber in meinem Vorhaben, Andi auch nicht unbedingt alle meine neuen Erkenntnisse ohne

Umschweife mitteilen zu müssen. Andi hatte Hirnstein laufen lassen, ich wusste dafür nun, wo er steckte. Dieser Gedanke stellte mich für die Nacht zufrieden, in der ich mich mit dem Programm der ARD zufrieden gab.

Sonnstag, 21. Juni

Am Sonntag wollte zwar kein Liebster mit mir Segeln gehen, trotzdem weckte mich in aller Herrgottsfrühe der Anruf eines Hauptkommissars von der Wasserschutzpolizei, der mich an den Rand eines der Becken des Mülheimer Hafens bestellte. Dort sei es in der Nacht, so berichtete er mir, zu einer Explosion auf einem Sportboot gekommen. Einen Verletzten hätte man bergen können, danach sei die Yacht gesunken. Meine Frage, ob der Kollege Ganster bereits in die Ermittlungen eingeschaltet worden sei, vermochte der freundliche Mann nicht zu beantworten.

Ich beschloss, da ich ahnte, um welches Boot es sich handelte, mein Frühstück ausfallen zu lassen, den Telefonhörer auszuhängen und allein die Fahrt nach Mülheim anzutreten, denn es stand mir nicht der Sinn danach, Andi irgendwelche frühmorgendlichen Erklärungen abgeben zu müssen.

Gegen 6.30 Uhr fand ich mich an einem der Piers des Holzhafens ein, wo Feuerwehr und Wasserschutzpolizei damit beschäftigt waren, die Ursachen der Explosion zu ergründen, beziehungsweise erste Anstalten machten, das versunkene Wrack zu bergen. Eine Armada von Polizeibooten war in der kaum fünfzig Meter breiten Einfahrt zum Hafenbecken vor Anker gegangen und umringte ein für Binnengewässer gigantisches Hebeschiff wie ein Drohnenschwarm eine Bienenkönigin.

»Wissen Sie, wem das Boot gehörte?«, fragte ich – nachdem ich mich vorgestellt hatte – einen fettleibigen und wichtig ausschauenden Beamten, von dem ich annahm, dass er es auch gewesen war, der mich angerufen hatte, denn er schritt aufgeregt an der Spundwand auf und ab und hielt dabei ein Handy in seinen massigen Pranken.

»Das Boot heißt Flamingo, der Eigner ist ein gewisser Doktor Thomas Hirnstein aus Oberhausen. Dies ist auch der Grund dafür, warum ich Sie angerufen habe, Frau Fischer. Wie es aussieht, ist eine Gasflasche explodiert. Außer Hirnstein war zum Zeitpunkt des Unglücks niemand an Bord. Aber um ganz sicher zu gehen, haben wir ein paar Froschmänner hinunter geschickt, man kann ja nie wissen.«

»Passiert so etwas öfter, dass Gasflaschen einfach so in die Luft fliegen?«

»Eigentlich nicht. Streng genommen dürfte so etwas gar nicht passieren. Aber Sie wissen ja selbst, wie das mit Dingen ist, die es nicht geben dürfte«, ließ er mich wissen, während ich krampfhaft bemüht war, mich an seinen Namen zu erinnern, den er mir am Telefon bestimmt genannt hatte, der mir aber partout nicht mehr einfallen wollte.

»Was ist mit Doktor Hirnstein, ist er schwer verletzt?«

»Angesichts der Umstände hat er Riesenglück gehabt. Er hat es sogar noch geschafft, aus eigener Kraft an Land zu schwimmen. Die Feuerwehr kann es nur so erklären, dass er sich wohl zum Zeitpunkt der Explosion an Deck befunden hat und über Bord geschleudert wurde. Wäre er in der Kajüte gewesen, hätte die Druckwelle ihn wohl zerfetzt. Was uns aber vielmehr wundert, ist die Tatsache, dass er mit einer solchen Schickimickiyacht mitten in der Nacht in dieser finsteren Gegend herumgeschippert ist. Ich bin gespannt, welchen Grund er für seine Kreuzfahrt angeben kann.«

»Haben Sie bereits mit ihm sprechen können?«

»Nein, der Notarzt hat ihn gleich ins Evangelische Krankenhaus schaffen lassen.«

»Warum haben Sie mich angerufen? Doch wohl nicht allein, weil Hirnstein ein Oberhausener Bürger und Gewerbesteuerzahler ist, oder?«

Der Kollege lachte. »Nein, das war gewiss nicht der Grund. Ich weiß sehr wohl, dass Hirnstein einer der Autoren Ihres ermordeten Oberhausener Verlegers war.«

»Dann wissen Sie bestimmt auch, dass auf dem Gelände der stillgelegten Drahtseilerei regelmäßig Skinheadtreffen stattfinden, nicht wahr?«

Er schaute mich irritiert an.

»Gestern Abend sprangen dort noch jede Menge Glatzen rum«, fuhr ich fort.

»Donnerwetter, was Sie nicht alles wissen«, sagte er und pfiff dabei anerkennend durch eine Lücke in seinem strahlend gelben Gebiss. »Das ist es eben, was mich stutzig gemacht hat. Was treibt einen erfolgreichen Mediziner und Sachbuchautor in rabenschwarzer Nacht in die Nähe von solchem Abschaum?«

»Sie glauben demnach nicht an einen Unfall?«

»Nun, ich will es einmal so ausdrücken: Es fällt mir etwas schwer, angesichts dieser Faktoren an das Versagen und das Selbstentzünden einer Propangasflasche zu glauben, Frau Fischer.«

»Mir auch. Ich danke Ihnen dafür, dass Sie mich so schnell in Kenntnis gesetzt haben«, sagte ich, verabschiedete mich mit einem kurzen Kopfnicken und sah zu, dass ich so schnell wie möglich wieder unter die heimischen Federn schlüpfen konnte, denn ich wusste nur zu gut, dass ich für die nun anstehende Arbeit bei Kräften sein musste.

* * *

Kaum hatte ich mich auf der Couch ausgestreckt, wurde meine Ruhe erneut durch das Schellen des Telefons gestört. Am andren Ende der Leitung war Frau Özal. Sie berichtete mir mit resignierter Stimme, dass Bekir zu ihr gekommen, nun zu einer Aussage bereit sei und in ihrer Wohnung auf mich warte. Ausdrücklich bat sie mich darum, Andi nicht mitzubringen.

So viel also zum Mumm eines Orient-Machos, dachte ich, als ich den Telefonhörer auflegte und mich auf den Weg zu Frau Özal machte.

Bekir erwartete mich im Wohnzimmer. Ein von Zigarettenkippen überquellender Aschenbecher verdeutlichte mir, dass ihn der Anschlag auf Hirnsteins Boot wohl ziemlich nervös gemacht haben musste, ließ mich zugleich aber auch ahnen, dass er wohl nichts mit der Sache zu tun hatte, wenn es sich denn überhaupt um einen Bombenanschlag und nicht doch um einen Unfall gehandelt haben sollte.

»Woher rührt dein plötzlicher Sinneswandel?«, fragte ich ihn, als ich mich auf einen der Sessel setzte.

Bekir wurde etwas verlegen. »Nach dem Ding von gestern Nacht wird mir die Sache langsam etwas zu heiß.«

»Von welcher Sache sprichst du?«

»Von meiner Arbeit für den Verfassungsschutz.«

»Das bedeutet, du willst deinen Freund Hirnstein im Stich lassen?«

»Hirnstein war nie mein Freund.«

»Wie hat er eure Zusammenarbeit eigentlich eingestielt?«

»Hirnstein hat gewusst, dass wir als Türken immer Stress mit den Faschos hatten. Er hat sich zunächst bemüht, den netten und wertkonservativen Hobbyhistoriker heraushängen zu lassen. Er hat sich zuerst bei meiner Tante lieb Kind gemacht, dann hat er versucht, bei mir den Verständnisvollen zu spielen. Stimmt es, Tante Semma?«

Frau Özal nickte.

»Wie lief denn deine Anwerbung als V-Mann ab? Es wird doch wohl kaum so gewesen sein, dass er sich direkt als Verfassungsschützer zu erkennen gab, oder?«, fragte ich.

»Ich kann mich nicht mehr so genau daran erinnern. Eines Tages fing er wieder damit an, dass die Skins ganz üble Nazis seien und dass wir Türken als ausländische Mitbürger uns gegen dieses Pack zur Wehr setzten sollten. Ich habe ihn gefragt, warum er denn überhaupt Bücher zum Thema Zweiter Weltkrieg und Nazis schreibe. Da hat er mir erzählt, dass er so einen Einstieg in die Szene finden wolle, um sie gewissermaßen von innen auszuhebeln. Ich habe ihm natürlich kein einziges Wort geglaubt. Dann hat er mir seinen Dienstausweis gezeigt und mir den Vorschlag unterbreitet, dass wir gemeinsam gegen die Faschos kämpfen sollten.«

»Und was solltest du genau für ihn tun?«, unterbrach ich ihn.

»Ich sollte mich etwas in der Gegenszene umhören, also unter türkischen Jugendlichen. Sollte ihm berichten, was so gelaufen ist zwischen Faschos und Türken. Eigentlich nichts Besonderes. Dabei würde sogar für mich noch ein schönes Sümmchen rausspringen. Also bin ich auf seinen Vorschlag eingegangen. Als Student ist man ja nicht gerade gut bei Kasse.«

»Wie viel hat er dir geboten, dreißig Silberlinge?«

Frau Özal blickte verschämt zu Boden.

»Ich habe mir durch die Zusammenarbeit in erster Linie versprochen, etwas mehr über Pielecke und seine Nazimachenschaften zu erfahren.«

»Und sind aus Hirnsteins Richtung denn irgendwelche internen Informationen geflossen?«

»Kein Stück. Hirnstein ist ein egoistisches Schwein.«

»Warst du gestern deshalb auf dem Boot?«

Bekir versuchte den Coolen zu spielen und zuckte gleichgültig mit den Achseln. »Ich soll wo gewesen sein?«, fragte er mit gespielter Gleichgültigkeit.

»Im Mülheimer Holzhafen.«

»Wie kommst du denn auf diese Idee? Willst du mir am Ende etwa noch den Bombenanschlag auf diese schwule Ratte anhängen? Thi, ich muss doch sehr bitten, ich bin dir sehr dankbar dafür, dass du mir auf der Kirmes das Leben gerettet hast, aber das geht doch wohl ein bisschen zu weit. Warum sollte ich versuchen, dieses Arschloch zum die Ecke zu bringen?«

»Das versuche ich gerade herauszufinden. Aber wenn du mich so fragst, wüsste ich schon den ein oder anderen Grund.«

»Und welches Tatmotiv sollte ich gehabt haben?«

»Nun ja, du bist ja schließlich auf der Suche nach dem Mörder deiner Freundin, wenn auch für meinen Geschmack etwas eigenmächtig.«

»Und warum sollte ich da ausgerechnet einen Schwulen auf der Rechnung haben? Das müsstest du mir schon etwas genauer erklären. Ich kann dir nämlich nicht ganz folgen«, erklärte er mit schlecht geschauspielerter Heiterkeit, wie man sie für gewöhnlich nur in den Nachmittagsserien des Privatfernsehens zu sehen bekommt.

»Vielleicht wolltest du ihn endlich loswerden.«

»Er hat mich zu nichts gezwungen. Ich hätte einfach aus dem Verfassungsschutzmist wieder aussteigen können.«

»Ich denke auch eher daran, dass Hirnstein dir in seiner Eigenschaft als eifersüchtiger Verehrer auf den Nerv gefallen ist. Verschmähte Liebe ist eines der häufigsten Mordmotive, warum soll eine solche Tat nicht mal in umgekehrter Richtung erfolgen?«

Frau Özal lief feuerrot an und warf ihrem Neffen einen entsetzten Blick zu.

»Was? Bist du total bescheuert geworden?«, schrie Bekir mich an.

»So wie Hirnstein sich am Tag nach der Messerstecherei am Telefon gemeldet hat, als er glaubte, dich in der Leitung zu haben, konnte ich den Gedanken daran, dass zwischen euch irgendetwas läuft, nicht ganz von der Hand weisen.«

»Ich kann doch nichts dazu, wenn er sich in einen gut aussehenden Mann verknallt. Willst du mich etwa für das verantwortlich machen, was in einem schwulen Hormonapparat vor sich geht? Arbeitet die deutsche Polizei auf diesem Niveau?«, fragte er mich und schaute dabei etwas verwundert, was mich zu dem Schluss kommen ließ, dass seine Tante ihm offenbar eine andere Geschichte über den Verbleib seines Handys erzählt hatte.

»Ich habe dich gestern Abend auf Hirnsteins Boot gesehen. Was hattest du dort zu suchen? Raus mit der Sprache, du hast mich lange genug verarscht.«

Bekir begann nervös mit einer Schachtel Marlboro zu spielen, fischte eine Zigarette heraus, steckte sie an und begann gierig zu rauchen.

»Das Boot war unser Treffpunkt, Hirnstein fischte mich an immer anderen Treffpunkten am Ruhrufer auf. Das Boot garantierte uns, unbeobachtet zu kommunizieren. Gestern hat er mich angerufen und zur Schleuse Raffelberg gelotst. Er sagte mir, dass er den Treffpunkt der Faschos im Hafen gefunden hätte und wollte mir den Ort zeigen.«

»Ging es dabei um Rache?«

»Natürlich. Meinst du etwa, dass ich mich von diesen Glatzen einfach aufschlitzen und sie dann ungeschoren davonkommen lasse?«

»Und Hirnstein wollte dir dabei helfen?«

»Helfen wäre übertrieben, aber er hat mir immerhin gezeigt, wo sich das Faschonest befindet.«

»Und das alles ohne Gegenleistung?«

»Meine Gegenleistung besteht darin, dass ich ihm den Namen von Pieleckes Mörder gebe. Ein ganz einfacher Deal: Er liefert mir Nicoles Mörder, und er bekommt von mir den Mörder Pieleckes.«

»Die Glatzen haben Nicole nicht ermordet. Und woher solltest du wissen, wer Pielecke getötet hat, wenn du es nicht selbst getan hast?«

»Erzähl mir doch keinen Mumpitz. Die Skins haben Nicole ermordet, und Rating hat Pielecke auf dem Gewissen.«

»Du täuschst dich. Wir haben die Glatzen zwar wegen des Anschlags auf dich hopp genommen und darüber hinaus auch noch wegen Leichenschändung, aber mit dem Mord an Nicole haben sie nichts zu tun, das kannst du mir glauben. Auch ich wünsche mir nichts sehnlicher als die Schweine zu kriegen, die Nicole auf dem Gewissen haben. Aber wie kommst du denn darauf, dass Herr Rating seinen ehemaligen Arbeitgeber umgebracht haben könnte?«

»Weil ich ihn in der Nacht auf dem Gelände von Pieleckes Anwesen gesehen habe.«

»Und das erzählst du mir erst jetzt?! Also hatte Hirnstein recht. Hast du Pielecke verfolgt und beschattet?«

»Ja, habe ich. Schließlich musste ich ja Beweise gegen diesen Scheißkerl sammeln. Und als ich in der Nacht von Dienstag auf Mittwoch sein Haus observiert habe, sah ich eben Nicoles Vater reingehen und erst nach einer ganzen Weile wieder herauskommen. Aber mir ist es völlig scheißegal, wer ein solches Stück Mist wie Pielecke unter die Grasnarbe gebracht hat. Ich hatte den Deal mit Hirnstein.«

»Dieser Deal kann wohl kaum zum Zeitpunkt der Ermordung von Pielecke bestanden haben. Oder hast du etwa hellseherische Qualitäten, die mir bislang verborgen geblieben sind?«

»Natürlich habe ich niemandem von meinen Beobachtungen berichtet. Denn mir war es ja piepenhagen, dass Rating den Nazi eliminiert hat, oder um es ganz deutlich zu sagen: Es war mir sogar recht.«

Diese Bemerkung war zu viel für Frau Özal, weinend verließ sie das Wohnzimmer.

»Wann habt ihr diesen Deal ausgemacht?«, fragte ich.

»Am Freitag oder Samstag nach der Messerstecherei. Hirnstein hat mich im Krankenhaus besucht und mir davon erzählt, dass die Glatzen Nicole in ihrer Gewalt hätten.«

»Dann hast du mir und meinem Kollegen am Sonntag aber eine bühnenreife Leistung geboten, als du den schockierten und überraschten Jugendfreund Nicoles gespielt hast.«

»Es gibt Dinge, die muss ein Mann allein klären. Ich würde den Teufel tun und die Faschos der Polizei ausliefern, damit sie nach neun oder zehn Jahren wieder aus dem Knast kommen, Stütze beziehen und fröhlich weiter morden können.«

»Wir haben Nicoles Leiche erst am Dienstag gefunden.«

»Das ... würde ja bedeuten, dass Hirnstein ...«, stammelte Bekir.

»Sich zumindest der unterlassenen Hilfeleistung schuldig gemacht hat«, vollendete ich seinen Satz, den er aber gewiss anders geplant hatte.

Bekir sagte überhaupt nichts mehr und schaute entgeistert Löcher in die Luft.

»Du musst morgen zu uns aufs Präsidium kommen und deine Aussage zu Protokoll geben«, sagte ich, als ich mich erhob. Dann griff ich zu meinem Handy und bestellte bei den

Mülheimer Kollegen Polizeischutz für das Krankenzimmer Doktor Hirnsteins. »Damit du nicht auf dumme Gedanken kommst«, erklärte ich Bekir und ließ ihn dann mit seinem Kummer allein.

* * *

Um mein Privatleben wieder etwas in Schwung zu bringen, hatte ich mich für den Abend mit Sylvia Tütenerde im indischen Restaurant auf der Marktstraße verabredet. Da Sylvia nicht nur eine Art Kollegin und meine ehemalige Klassenkameradin, sondern auch Single war, waren wir somit Schicksalsgenossinnen.

Was uns in ein sphärisches Lokal trieb, dessen Interieur eher an *Indiana-Jones*-Filme oder Schinken wie *Der Tiger von Eschnapur* erinnerte, wird wohl für alle Zeit ein unergründliches Geheimnis bleiben. Außer einem Hippiepärchen, das am Nachbartisch lautstark seinen Goa-Urlaub Revue passieren ließ, waren wir die einzigen Gäste in der schummrig beleuchteten Neueröffnung, die von Turbanträgern der Marke Doktor Bombay betrieben wurde.

»Mir ging in den letzten Tagen die Geschichte aus den Achtzigern nicht mehr aus dem Kopf, über die wir bei deinem letzten Besuch in der Gerichtsmedizin gesprochen haben, du erinnerst dich?«, fragte Sylvia, kaum dass wir in unseren Speisekarten zu blättern begonnen hatten.

»Ja, die Sache mit dem Armbrecher aus der Totenhalle in Alstaden. Aber wenn du mich fragst, kann ich mir nicht vorstellen, dass wir es hier mit ein und demselben Täter zu tun haben.«

»Haben wir bestimmt auch nicht. Mich hat die Sache nur einfach nicht mehr losgelassen. Und so bin ich ins Stadtarchiv gegangen und habe mir mal die Zeitungen vom Sommer 1985 zu Gemüte geführt. Damals kam es ja nicht nur zu dieser ekelhaften Geschichte auf dem Friedhof, sondern auch zu einer Reihe von Vergewaltigungen in der Nähe des Niederrheinstadions.«

»Hilf mir auf die Sprünge.«

»Das waren die wilden Sommerferien 1985. Damals hat sich kaum ein Mädel nachts allein auf die Straße getraut. Erst der nekrophile Irre und dann der Vergewaltiger mit Ku-Klux-Klan-Mütze. Wir gingen damals alle davon aus, dass es sich um denselben Kerl gehandelt haben musste. Mein Gott, hatte ich einen Schiss. Erinnerst du dich dunkel?«, fragte sie so, als ob es sich bei dieser Story um eine nette Anekdote aus unserem längst vergangenen Schulalltag handelte.

»Jetzt, da du es mir so lebhaft wieder in die Erinnerung gerufen hast, kommt es allmählich wieder. Damals stand ein Zirkuszelt am Stadion. Wenn ich mich richtig erinnere, war das so eine Art mobile Disco, und vor der hat es ein paar Vergewaltigungen gegeben. Angeblich trug der Täter ein Ku-Klux-Klan-Kostüm. Ku-Klux-Klan-Verkleidung, dass ich nicht lache. Wir sind hier in Oberhausen und nicht in Mississippi oder Tennessee. Was willst du mir vorschlagen, dass ich Virgil Tibbs zur Verstärkung anfordere?«, erwiderte ich genervt.

»Ich habe mir so meine ganz eigenen Gedanken gemacht und habe mir die Bodenproben aus den Sohlen der Skinheadstiefel noch einmal genauer angesehen.«

»Aha. Und was hast du da Schönes entdeckt?«

»Ich habe sie mit den Proben vom Fundort der drei Leichen verglichen.«

»Der Boden dort war knochentrocken.«

»Es hat trotzdem für eine Analyse gereicht. Ich glaube, die Skinheads sind auch unsere psychosexuell gestörten

Leichendiebe«, erklärte sie, und schaute mich dabei nach einem Lob heischend an.

»Wow! Und eine alte Story aus unserer Schulzeit führt bei dir zu solchen Ergebnissen?«

»Nicht ganz. Ich habe vielmehr versucht, mir den psychischen Apparat desjenigen vorzustellen, der die Möglichkeit nutzt, über tödlich verunglückte Obdachlose herzufallen.«

Augenblicklich rief ich den Kellner an unseren Tisch und wandelte meine Tee- in eine Bierbestellung um.

»Die Sache ist doch im Grunde ganz einfach: Wenn wir uns die Opfer der inadäquaten sexuellen Annäherung einmal genauer anschauen, dann liegt es doch auf der Hand, dass auch die Täter aus einem ähnlichen Milieu stammen müssen«, fuhr sie begeistert fort.

»Aber, wie du sagst, waren unsere Täter ja nun die Skins und keine anderen Pennbrüder.«

»Richtig, aber Skinheads entstammen für gewöhnlich nicht eben den feinsten Kreisen. Gewalt und Alkohol spielen in ihrem familiären Umfeld zumeist eine entscheidende Rolle. Es geht in unserem Fall doch wohl um die Realisierung von Allmachtsfantasien«, outete sich meine Rechtsmedizinern auch noch als Soziologin.

»Molitor hat mir erzählt, es gehe vielmehr um Schöpfungsfantasien. Er berichtete mir etwas vom Größenselbst, und dass es darum gehe, Gott zu spielen.«

»Molitor ist ein Theoretiker. Er hat keine Ahnung, wie man einen solchen Fall mit dem nötigen Sachverstand angeht. Lehrbücher und sein dummes Zeug über das Lazarussyndrom helfen uns in einem solchen Fall kein Stück weiter. Es geht einzig und allein darum, zu schauen, wo die Wurzeln einer solchen Allmachtsfantasie stecken können.«

»Und du vermutest sie im familiären Umfeld unserer Glatzen?«, fragte ich, als ich endlich mein Bier in Händen hielt.

»Ich muss zugeben, dass mich die Zeitungslektüre zunächst darauf brachte, psychodynamisch die Hypothese zu entwickeln, dass es sich bei den Pennern eben nicht um wehrlose Opfer gehandelt hat, sondern dass unsere Täter hier eine Allmachtsfantasie in die Tat umgesetzt haben, bei der es primär um Rivalisierung ging.«

»Ich muss gestehen, dass ich dir nicht folgen kann.«

»Ein Motiv könnte der Verlust eines geliebten Objekts sein, welches den Opfern ähnlich war; also zum Beispiel der Verlust des missbrauchenden und alkoholkranken Vaters durch Tod. Trauer, Ohnmacht und Wut darüber wurden in unserem Falle in Form von Nekrophilie reinszeniert«, berichtete sie unbeeindruckt weiter.

Ich hielt nach einem der Kellner Ausschau, um mich mit Nachschub versorgen zu lassen. »Das heißt ganz einfach: Die Glatzen sind über die toten Obdachlosen hergefallen, weil sie von ihren Pennervätern als Kinder und Jugendliche sexuell missbraucht wurden?«, vergewisserte ich mich sicherheitshalber.

»Ja. Gewissermaßen, um sich für das erlittene Unrecht und die Demütigung zu revanchieren. Die Nekrophilie war für sie die einzige Möglichkeit, mit dem verstorbenen Vater in einen sexuellen Wettstreit zu treten und ihn so ein für alle Mal zu besiegen. Dies war zumindest meine Ausgangsüberlegung, bevor ich mir die Proben aus ihren Stiefeln noch einmal angeschaut habe.«

»Donnerwetter«, war alles, was mir, gleichzeitig mit dem Eintreffen unserer vegetarischen Reispfanne Mumbay, über die Lippen kam. Angesichts von Sylvias Schilderungen war mir der Appetit allerdings gründlich vergangen, und ich zog es vor, mich für den Rest des Abends mit dem Genuss weiterer Hopfenkaltschalen zu bescheiden. Darüber hinaus vermied ich es, mir im Detail erläutern zu lassen, wie sie von der Ku-Klux-Klan-Kopfbedeckung aus vergangenen Tagen den Schluss auf haar- und hirnlose Zeitgenossen hatte ziehen können.

Montag, 22. Juni

Am Montagmorgen wartete bereits Dieter Brom in meinem Büro auf mich. Er hatte sich von seiner Tracht Prügel bestens erholt und war wieder ganz der Alte. Es schien ihn nicht mehr weiter zu wurmen, dass ich seinen Andeutungen im Mordfall Pielecke keine Beachtung geschenkt hatte, denn wie ich an seiner extravaganten Kleidung sofort erkannte, war er gekommen, um diesmal für den missglückten Mordanschlag auf Doktor Thomas Hirnstein die Verantwortung zu übernehmen. Dieter hatte sich zu diesem Zweck in einen blau-weiß gestreiften Herrenbadeanzug mit halblangen Ärmeln und Beinen gezwängt, wie er in den Jahren vor dem ersten Weltkrieg in Mode gewesen war. Um seine schlanken Hüften hatte er einen breiten Nietengürtel geschlungen, an dem ein viel zu großes Tauchermesser in einer ledernen Scheide baumelte. Auf seinen Kopf hatte er eine schneeweiße Badekappe gesetzt, deren Entstehung ich auf die späten Sechziger Jahre taxierte. An seinen Füßen trug er schwarze Taucherflossen, die ich bereits von einem seiner früheren Auftritte im Präsidium kannte. Zwar hätte ich noch immer gern von ihm gewusst, wie er den Glatzen auf die Spur gekommen war, sah aber ein, dass es in diesem Augenblick der denkbar schlechteste Zeitpunkt war, ihn aus seiner Traumwelt herauseisen zu wollen. Da Dieter mich aber bereits in der Kirmessache mit seiner Schnelligkeit überrascht hatte, wunderte es mich kaum, dass er auch im Fall Hirnstein als einer der Ersten die Initiative ergriffen hatte – wenn auch auf seine ganz eigene Art.

»Ich muss mich bei Ihnen entschuldigen, Frau Fischer«, sagte er, als er sich zur Begrüßung von meinem Bürostuhl erhob und dabei beinahe über seine Flossen gestolpert wäre.

Ohne ihm die Möglichkeit zu geben, meinen Stammplatz hinter dem Schreibtisch weiter besetzt zu halten, nahm ich dort Platz.

Dieter zog sich einen Stuhl heran, setzte sich mit übereinander geschlagenen Beinen darauf und begann unruhig mit der frei in der Luft hängenden Flosse auf und ab zu wippen.

»Wofür möchten Sie sich bei mir entschuldigen, Herr Brom?«

»Dafür, dass es mir nicht gelungen ist, Ihnen diesen verfluchten Hirnstein vom Hals zu schaffen. Es ist eine Schande, dass mir ein solcher Fehler unterlaufen konnte. Sie können sich gar nicht vorstellen, wie peinlich mir der ganze Zwischenfall ist.«

»Am Wochenende ist einem Ihrer Kollegen im Mülheimer Hafen ein ähnliches Missgeschick unterlaufen«, antwortete ich, als ich mich erhob, um die Kaffeemaschine in Gang zu setzen.

»Noch ein mariner Sprengstoffanschlag?«, erkundigte er sich mit von Eifersucht erregter Stimme.

»Mit Milch und Zucker für Sie, wie immer?«

»In Gottes Namen, Frau Fischer. Wovon sprechen Sie?«

»Ich spreche davon, dass jemand versucht hat, Doktor Hirnstein mittels einer Bombe in die ewigen Jagdgründe zu schicken«, antwortete ich, während ich die Steinguttassen nebst Zuckerdose und Milchkanne auf den Tisch stellte.

»Frau Fischer, ich war der Bombenleger, so begreifen Sie doch endlich!«

»Die Maschine müsste mal entkalkt werden, das dauert ja wieder Ewigkeiten.«

»Deshalb bin ich hier. Ich bin der Bombenleger, den Sie suchen. Es war ganz allein meine Idee, diesen verfluchten Arzt in die Luft zu sprengen. Dieser Mensch hat kein Recht, weiter seine Untaten zu begehen, Frau Fischer. Um Himmels willen, hören Sie mir doch zu!«

»Ich gehe eher davon aus, dass die Skinheads ihrem geistigen Bruder dieses Kuckucksei untergejubelt haben.«

Dieter war der Verzweifelung nahe. So wenig Sensibilität gegenüber seinen Einlassungen und Geständnissen hatte er in den vergangenen Jahren im Präsidium noch nicht erlebt. Noch immer wippte er nervös mit seinem beflossten Fuß. Die Bewegung erinnerte mich auf seltsame Weise an die verzweifelten Luftsprünge gestrandeter Fische.

»Es scheint so, als ob Ihnen die Glatzen mal wieder zuvorgekommen sind, Herr Brom«, setzte ich nach, als ich endlich den Kaffee eingießen konnte.

»Sie wissen so gut wie ich, Frau Fischer, dass es niemand anderer als ich, Dieter Brom, getan haben kann. Weit und breit gibt es außer mir keinen Menschen, der das Know-how zum Bau einer Schiffsbombe aufbringen könnte.«

»Liefern Sie mir Beweise, Herr Brom. Mit einer solchen Tat möchten sich zu viele schmücken. Wenn ich jedem geständigen Menschen seine Tat abkaufen würde, wären die Gefängnisse bald voll von Hochstaplern.«

Dieter versuchte von seinem Stuhl aufzuspringen, was ihm jedoch ob seiner kuriosen Fußbekleidung nur sehr unbeholfen gelang. Als er schließlich auf den Flossen zu stehen kam, begann er einer Ente gleich in meinem Büro herumzuschreiten, was zu unangenehmen Klatschlauten auf dem Linoleumparkett führte.

»Was wollen Sie wissen, Frau Kommissarin?«, fragte er schließlich in erhitzter Tonlage, als er wieder Platz nahm.

»Alles.«

»Na schön, es war nicht allzu schwierig, das Versteck der Glatzen zu finden. Nach dem Leichendiebstahl auf der Kirmes habe ich mich an ihre Fersen geheftet. Mir war klar, dass Hirnstein früher oder später auch im Hafen auftauchen würde.«

Ich glaubte, meinen Ohren nicht zu trauen. »Moment. Was hat der Leichendiebstahl mit Hirnstein und den Skins zu tun?«, wollte ich wissen.

»Nachdem die Glatzen die Toten mitsamt dem Leichenwagen entführt haben, habe ich ihre Verfolgung aufgenommen. Am Mittwoch war dies ja noch nicht möglich. Wie Sie sich bestimmt erinnern, mussten wir ja gemeinsam das Leben von Bekir Özal retten. Aber schon an jenem Abend habe ich mir geschworen, diese Trittbrettfahrer zu Strecke zu bringen.«

»Die Glatzen haben was getan, Herr Brom?«

»Sie haben in verlogener Weise mit dem Mord an Robert Pielecke geprahlt, dann den Jungen niedergestochen und schließlich auch noch Leichenraub beziehungsweise Leichenschändung begangen.«

»Bis auf die Messerstecherei können wir ihnen bislang nichts nachweisen.«

»Ich habe Sie den Leichenwagen stehlen sehen. Es waren zwei Skinheads.«

Obwohl mir klar war, dass die Bodenproben der Springerstiefel allemal satt und genug waren, um die Glatzen dranzukriegen, hoffte ich, dass Dieter dieses eine Mal Realität und Fiktion auseinanderhalten konnte.

»Wann haben sie den Wagen gestohlen, Herr Brom?

»Wenn die Uhr in meiner Digitalkamera mich nicht angeschwindelt hat, dann müsste dies genau um 19.37 Uhr gewesen sein. Sie verstehen sicher, dass es mir in meiner sommerlichen Bekleidung unmöglich war, die Fotos heute mitzubringen, Frau Fischer. Aber wenn Ihnen eine Chipkarte aus meiner Nikon genügte, so bin ich gern bereit, die Aufnahmen auf Ihrem Rechner sichtbar zu machen.«

Zweifelte ich zuvor an der Funktionsfähigkeit meiner Ohren, so waren es dieses Mal meine Augen, denen ich nicht zu trauen glaubte, denn sie bekamen ein Schauspiel geboten, das ich in wesentlich ästhetischerer Form einige Jahre zuvor in einer Kreditkartenwerbung gesehen hatte. Dieter zog einen Speicherchip aus dem rechten Bein seines eng anliegenden Badeanzuges und schaute mich fragend an. Ich räumte meinen Platz, und er machte sich dann daran, das winzige Teil in den Computer zu stecken. Wenige Sekunden später erschien ein gutes Dutzend Bilder, die allesamt die Schützlinge von Mütterchen Milde beim Klau des Bestatterfahrzeuges zeigten.

»Sie haben mich überzeugt Herr Brom.«

»Na endlich«, sagte er erleichtert.

»Ich nehme Sie hiermit unter dem dringen Verdacht des versuchten Mordes an Doktor Thomas Hirnstein vorläufig fest.«

Dieter strahlte über das ganze Gesicht, und ich fand, dass er sich zur Belohnung durchaus ein paar Stunden in unserer Arrestzelle aufhalten durfte. Diesen kleinen Gefallen war ich ihm eigentlich schon seit Jahren schuldig.

* * *

Mein dritter Krankenbesuch binnen weniger Tage führte mich am Nachmittag ans Lager Doktor Hirnsteins ins Evangelische Krankenhaus Mülheim. Hirnstein konnte von Glück sagen, mit leichten Verbrennungen, Prellungen und Hautabschürfungen davongekommen zu sein. Als ich das Krankenzimmer betrat, saß sein schluchzender und weinender Gatte an seinem Bett und schien mein Eintreffen gar nicht zu registrieren. Ich verzichtete dieses Mal auf ein Mitbringsel.

Hirnstein war offensichtlich froh darüber, mich zu sehen. »Das war ja ein ganz schöner Schrecken in der Morgenstunde«, sagte er beinahe fröhlich.

»Wären Sie bei uns geblieben, so wäre Ihnen diese Bombenüberraschung erspart geblieben«, erwiderte ich, als ich neben seinem Gatten auf einem der unbequemen Besucherstühle Platz nahm.

»Warum stehe ich eigentlich unter Polizeischutz?«, fragte Hirnstein in einem scheinheiligen Ton, für den ich ihm am liebsten eine Ohrfeige verpasst hätte.

»Weil es nicht viele Menschen gibt, die Sie mögen, Herr Doktor Hirnstein. Vor mir brauchen Sie allerdings keine Angst zu haben, wir sind ja nicht miteinander befreundet. Ich bin nur zu Ihnen gekommen, weil ich wissen möchte, wer es auf Ihr Leben abgesehen hat.«

»Da bin ich überfragt, Frau Fischer«, antwortete er, nun weniger freundlich.

»Ich habe bereits mit Bekir Özal gesprochen. Kann es sein, dass der Anschlag Ihnen beiden gegolten hat?«

»Ich glaube nicht, dass es sich bei der unglücklichen Explosion überhaupt um ein Bombenattentat gehandelt hat. Ich denke eher, dass ich ein wenig unvorsichtig bei der Montage der Gasflasche war.«

»Dann kann ich ja wieder gehen und die Kollegen vom Wachdienst gleich mitnehmen, Herr Doktor Hirnstein«, sagte ich, erhob mich und machte Anstalten, ihn wieder zu verlassen.

»Warten Sie, Frau Fischer«, rief er beinahe hysterisch.

»Worauf?«

»Es kann durchaus sein, dass die Skinheads auch mir nach dem Leben trachten.«

»Auch?«

»Ja, sie haben doch bereits Herrn Pielecke und seine Sekretärin getötet. Meinen Sie etwa, dass diese Leute vor einem dritten Mord zurückschrecken werden?«

»Nein, das denke ich nicht«, antwortete ich, während ich die Türklinke bereits herunterdrückte.

»Um Gottes willen, so bleiben Sie doch, Frau Fischer. Ich will Ihnen auch alles beichten«, flehte er mich an.

»Ich bin ganz Ohr, Doktor Hirnstein.«

»Es war dumm von mir, die Sache auf dem Liricher Friedhof abzuziehen.«

»Das finde ich auch«, erwiderte ich, als ich mich erneut an sein Bett setzte.

»Ja, ich gebe es zu, Bekir war gestern Abend an Bord der Flamingo, ich wollte ihm den Treffpunkt der Skinheads zeigen, den ich durch Zufall vor einigen Monaten bei meiner Tour de Ruhr entdeckt habe.«

»War diese Tour de Ruhr dienstlicher Natur?«

»Nein, es war eher ein Zufall. Ich entdeckte die alte Fabrik auf einer meiner privaten Bootstouren.«

»Und dann fingen Sie an, die Glatzen zu bespitzeln?«

»Ja, das gehörte ja mit zu meiner Arbeit als Verfassungsschützer«, antwortete er etwas zerknirscht.

»Worin bestand denn primär Ihr Beschattungsauftrag, Herr Doktor Hirnstein?«

»Ich bin Historiker, durch und durch, Frau Fischer. Es war nicht etwa so, dass ich als Mitarbeiter des Verfassungsschutzes zum Verlag gekommen wäre, sondern umgekehrt. Ich wurde als Pieleckeautor angeworben.«

»Und wie ist dies geschehen? Was wollte der Verfassungsschutz überhaupt von Ihnen, doch bestimmt keine Infos über irgendwelche versoffenen und frustrierten Jugendlichen?«

»Der Verein wollte, dass ich mich ein wenig in Pieleckes Umfeld umschaue.«

»Aha.«

»Kurz nach meiner Eheschließung mit Holger tauchte eines Nachmittags plötzlich ein Mitarbeiter der Behörde in unserer Praxis auf und berichtete mir von den Umtrieben Pieleckes.«

»Und Sie hatten zuvor nicht die geringste Ahnung?«

»Nein, dass müssen Sie mir glauben, Frau Fischer.«

»Offen gestanden fällt mir dies nicht ganz leicht.«

»Natürlich wusste ich, dass Robert Pielecke nicht der war, für den er sich in der Öffentlichkeit ausgab, dafür hatte ich ihn ja zuvor schon ausgiebigst in diversen Clubs und Saunen beobachten können. Aber dass er der Kopf einer international operierenden Nazibande sein könnte, hätte ich bis zum Besuch des Verfassungsschützers beileibe nicht für möglich gehalten.«

»Das bedeutet, Sie kannten Pielecke schon vor Ihrer Zeit als Sachbuchautor in seinem Verlag?«

»Kennen wäre zu viel gesagt, Frau Fischer. Sagen wir es einmal so: Robert Pielecke war in der Schwulenszene kein Unbekannter.«

»Darf ich Ihre Vorführung auf seiner Beerdigung als Ausdruck Ihres ambivalenten Gefühls ihm gegenüber werten?«

Hirnstein bemühte sich, den Amüsierten zu spielen. »Nein, Frau Fischer. Es war vielmehr Teil meiner Taktik.«

»Welcher Taktik? Ich muss Sie bitten, etwas deutlicher zu werden.«

»Es war schon mein Plan, den Verdacht, ihn ermordet zu haben, auf mich zu lenken.«

»Aber dann war Ihnen unsere Arrestzelle zu unbequem, und Sie haben sich auf Ihren Dienstausweis besonnen?«

»Nicht ganz. Ich sorgte mich vielmehr um Bekir.«

»Was? Das wagst du nun zu gestehen, du Schuft, nachdem ich vor Sorge beinahe gestorben wäre!«, schrie Holger Hirnstein in einer hysterischen Tonlage, die mich argwöhnen ließ, dass er kurz davor stand, einen Nervenzusammenbruch zu erleiden.

»So habe ich das nicht gemeint, Holger«, versuchte der Doktor seinen Ehemann zu beruhigen, doch dieser war bereits in einem bühnenreifen Abgang begriffen.

»Sie wollten den Verdacht erwecken, der Mörder Pieleckes zu sein, um damit Bekir Özal zu schützen, wie darf ich das verstehen?«, fragte ich, ohne dem Ehekrach weitere Beachtung geschenkt zu haben.

»Ich musste doch davon ausgehen, dass Gott und die Welt ihn für den Mörder hielt, so wie er Pielecke gehasst und verfolgt hat.«

»Ich hatte Bekir keine Sekunde lang auf der Rechnung. Aber wie darf ich mir das weltweite Nazinetzwerk des Robert Pielecke denn vorstellen, Doktor Hirnstein?«

»Pielecke hatte eine Menge Geld. Er besaß ja nicht allein den Verlag, sondern noch viele andere Firmen in der ganzen Welt. Daneben unterhielt er eine Reihe von Schlägertrupps, darunter auch die Glatzentruppe in Oberhausen. Bekir ist der Sache auf die Spur gekommen.«

»Welcher Sache?«

»Dem Umstand eben, dass die Skins von Pielecke finanziert wurden. Als Bodentruppe oder Sturmabteilung oder wie immer Sie diesen Abschaum nennen wollen.«

»Und Pielecke hat Bekir diese Gorillas dann auf den Hals gehetzt?« Das heißt, die Messerstecherei auf der Kirmes geschah auf Geheiß von Robert Pielecke?«

»Das weiß ich nicht, Bekir ging auf jeden Fall davon aus, dass Pielecke hinter dem Anschlag steckte.«

»Ist Pielecke den Machenschaften Bekirs denn auf die Schliche gekommen?«

»Das wohl kaum, Bekir hat sehr geschickt operiert. Es war wohl eher so, dass es Pielecke nicht gefallen hat, dass er etwas mit seiner Sekretärin angefangen hat.«

»Wollen Sie mich auf den Arm nehmen? Es kann doch wohl kaum sein, dass der Boss einer Nazigruppe das Risiko auf sich nimmt, als Drahtzieher eines Mordanschlages in den Knast zu wandern, nur weil seine Sekretärin ein Verhältnis mit dem Neffen seiner türkischen Haushälterin unterhält.«

»Ich glaube auch eher, dass die Skins ihn einfach nur verprügeln sollten. Aber ein solch adonishafter Athlet wie Bekir ist ja durchaus wehrhaft, Frau Fischer. Wahrscheinlich hat es sich bei dem Vorfall auf der Kirmes um eine Eskalation gehandelt.«

»Besten Dank für Ihre umfassenden Erläuterungen. Dann wäre ja nur noch eine Kleinigkeit zu klären, nämlich der Mord an Nicole Rating.«

»Haben Sie schon eine Spur, Frau Fischer?«

»Ja, ich gehe davon aus, dass wir es hier mit einer Eifersuchtstat zu tun haben. Genauer gesagt mit einer Verzweiflungstat aus verschmähter Liebe.«

»Ein klassisches Motiv eben«, sagte Hirnstein, während er sich auf seinem Bett ausstreckte.

»Nu ja, ich möchte es einmal so ausdrücken, dass der Täter nicht unbedingt ein verschmähter Liebhaber Nicoles gewesen sein muss. Ich glaube vielmehr, dass ich ihn im Schwulenmilieu zu suchen habe.«

»Wie bitte?«, fragte er mit gekünstelter Verstörtheit, während er sich wieder aufrichtete.

»Sie selbst haben Bekir doch davon berichtet, dass seine Freundin von den Skinheads entführt worden sein soll. Und da es sich bei ihren mutmaßlichen Entführern gleichzeitig um überführte homosexuelle Nekrophile handelt, liege ich mit meinem Schluss doch nicht völlig daneben, oder?«

»Ich soll Bekir was erzählt haben?«

»Das, was ich Ihnen gerade erzählt habe. Sie berichteten es ihm im Gegenzug dafür, dass er Ihnen den alten Rating als Mörder Pieleckes nannte.«

Hirnstein begann zu schwitzen. Unruhig bewegte er sich auf seinem Krankenlager.

»Sie dürfen nicht alles glauben, was der Junge Ihnen sagt, Frau Fischer. Woher sollte ich wissen, wer sich an Nicole vergangen hat?«

»Wollen Sie wirklich von mir eine Antwort auf diese Frage?«

»Ich weiß nicht, auf was Sie hinauswollen, Frau Fischer.«

»Nun, Herr Doktor Hirnstein, ich möchte auf ein Geständnis hinaus. Solche Formsachen erleichtern mir die Arbeit bisweilen um ein Vielfaches.«

»Doch wohl nicht etwa von mir?«

»Ich muss den Fall Nicole Rating zum Abschluss bringen und zwar noch hier und heute. Oder glauben Sie etwa, dass ich hergekommen bin, um mich nach Ihrem Gesundheitszustand zu erkundigen?«

»Sie glauben doch nicht etwa, dass ich etwas mit dem Mord an dem Mädchen zu tun habe«, wehrte er sich und schlug dabei mit den Handflächen auf die Bettdecke.

»Dann beantworten Sie mir doch einfach die Frage, woher Sie bereits Tage vor dem Auffinden der Leiche wussten, dass das Mädchen Opfer eines Gewaltverbrechens geworden ist.«

»Aber das lag doch auf der Hand. Eine Arbeitsbiene wie Nicole verschwindet doch nicht sang- und klanglos. Zumal ihr Chef ermordet worden ist. Es war doch sonnenklar, dass auch ihr etwas zugestoßen sein musste. Dazu noch der Anschlag auf Bekir. Für mich war klar, dass diese Gewaltmenschen es auch auf Nicole abgesehen haben mussten.«

»Und mit ihrem Tod hätten Sie den Tröster von Bekir Özal spielen können.«

»Ich verbitte mir Ihre Gestapomethoden.«

»Schreiben Sie lieber ein Buch darüber, denn dafür werden Sie in den nächsten Jahrzehnten eine Menge Zeit haben, auch wenn Sie sich für dieses Werk einen neuen Verleger suchen müssen.«

»Sie haben nichts in der Hand, was Ihre unverschämten Unterstellungen und Verdächtigungen rechtfertigen könnte, Frau Fischer. Ich werde gerichtlich gegen Sie vorgehen.«

»Tun Sie das, Doktor Hirnstein, Ihr Anwalt hat ja bald eine Menge Zeit für Sie und Ihre Angelegenheiten. Zunächst erzähle ich Ihnen aber, wie ich die ganze Sache sehe: Sie haben ein Auge auf den feschen und exotischen Sohn der Pieleckehaushälterin geworfen und konnten es nicht ertragen, dass er mit der Sekretärin Ihres Verlegers ein Verhältnis angefangen hat, denn Sie wollten Bekir für sich allein. Wie sonst sollte ich mir den Bullshit erklären, dass sie ihn als V-Mann für den Verfassungsschutz angeworben und ihn dauernd zu Ausflügen auf Ihre Luxusyacht eingeladen haben?

Als Sie gesehen haben, dass Sie bei dem Jungen nicht landen konnten, haben Sie Rache geschworen. Wenn Sie ihn nicht haben konnten, dann sollte das Mädchen ihn erst recht nicht bekommen.«

»Haben Sie etwas getrunken, Frau Fischer?«, fragte er höhnisch.

»Das mache ich später, zur Feier des Tages. Aber nun zurück zu Ihnen und dem von Ihnen begangenen Mord.«

»Mord?«, brüllte er hysterisch lachend.

»Die anderen Kleinigkeiten, für die ich Sie schon einmal festgenommen habe, und die Irreführung der Justiz möchte ich an dieser Stelle unter den Tisch fallen lassen.«

»Irreführung der Justiz?«

»Das selbstinszenierte Feuerwerk auf der Flamingo. Aber nun zurück zum Wesentlichen: Nachdem Bekir Ihnen davon berichtet hat, dass er Herrn Rating im Hause Pielecke gesehen hat, war es für Sie ein Leichtes, das Verbrechen an Nicole zu vollenden und die Tat den Glatzen in die Schuhe zu schieben.«

»Sie haben Fantasie, Frau Fischer, dass muss man Ihnen lassen. Und wann soll ich Nicole Rating getötet haben?«

»Gleich nachdem Sie erfahren haben, dass ihr Vater Pielecke ermordet hat.«

»Alles schön und gut, Frau Fischer, aber wo sind die Beweise für Ihre tolle Geschichte.«

»Die haben Sie mit der Flamingo in die Luft gejagt. Zugegeben, ein wirklich raffinierter Plan. Sie haben Nicole auf Ihrem Boot gefangen gehalten. Weiß der Geier zu welchen Zweck. Erst als Bekir Ihnen von seiner Beobachtung berichtet hat, entschieden Sie sich dafür, das Mädchen zu töten.«

»Sie sind wahnsinnig, völlig wahnsinnig.«

»Ich lasse Sie nun allein. Unsere Jungs vor Ihrer Tür lasse ich ebenfalls abziehen. Ich denke, dass es in Ihrem Interesse war, dass ich Bekir Özal die Nummer Ihres Krankenzimmers gegeben habe, oder?«

»Sie Bestie, Sie gottverdammte gelbe Teufelin!«

»Bekir wird sich bestimmt auch um Holger kümmern.«,

»Holger hat mit der ganzen Sache nichts zu tun.«

»Das wird Bekir wenig kümmern. Ich frage zum letzten Mal. Warum musste Nicole Rating sterben?«

Hirnstein begann unruhig zu werden und wälzte sich auf seinem Lager hin und her. Seine schweißnassen Hände umklammerten den Bettbezug, und sein Gesicht begann sich rot zu färben. »Es war ein Unfall, Frau Fischer«, antwortete er und begann zu weinen.

»Ein Unfall durch Messerstiche?«

»Ich habe Nicole nicht entführt, ich habe sie lediglich an jenem schicksalhaften Mittwoch zu einem Besuch auf der Flamingo eingeladen. Ich habe ihr erzählt, dass ich mit ihr in Ruhe über ein Buchprojekt sprechen wollte. Na ja, ich habe sie halt ein bisschen hofiert, und gehofft, dass, wenn ich sie mit der Flamingo beeindrucken könnte und ihr etwas Geld anböte, sie von Bekir ablassen würde.«

»Aber das hat dann nicht ganz so gut funktioniert?«

»Sie hat sich furchtbar aufgeregt, hat gesagt, dass sie alles Holger erzählen würde und gedroht, dass Bekir mich verprügeln würde, wenn ich sie nicht augenblicklich an Land setzen würde. Nicole hat wie eine Furie auf mein Angebot reagiert. Sie hat beinahe den ganzen Baldeneysee zusammengeschrien. Ich musste ihr den Mund zuhalten. Und plötzlich hat sie sich nicht mehr bewegt. Ich habe versucht, sie durch Herzmassage und Mund-zu-Nase-Beatmung wiederzubeleben, doch ich konnte ihr nicht mehr helfen. In meiner Verzweiflung habe ich ihre Leiche dann in eine Persenning gewickelt und im Stauraum der Flamingo versteckt. Am nächsten Tag hat Bekir mir davon berichtet, dass er ihren Vater bei Pielecke gesehen hatte.«

»Und da haben Sie gedacht, Sie könnten aus Ihrem Totschlag einen Mord machen, den Sie dann auf die Glatzen abwälzen können?«

»Ich war verzweifelt, Frau Fischer. Ich habe das tote Mädchen genommen, es in den Kofferraum meines Wagens gepackt und im Hiesfelder Wald versteckt. Um ein Sexualverbrechen vorzutäuschen, habe ich der Leiche die Messerstiche beigebracht. Es war entsetzlich. Ich schäme mich so sehr.«

»Der Leiche?«

»Ja, natürlich.«

»Die Obduktion hat ergeben, dass die Messerstiche tödlich waren. Sie haben Nicole nicht an Bord Ihres Bootes getötet, sondern erst in der Grube im Wald.«

Hirnstein wurde totenbleich. »Das kann nicht sein.«

»Für das Strafmaß wird es ohnehin keine Rolle spielen. Sie haben Nicole aus niederen Beweggründen getötet. Ob Sie sie nun auf dem Boot erstickt oder im Wald erstochen haben, lebenslänglich bleibt lebenslänglich, Herr Doktor Hirnstein«, sagte ich zum Abschied.

Als ich aus dem Krankenhaus trat, bemerkte ich, dass meine Erkältung verflogen war. Ich fühlte mich stark, kräftig und gesund. Ich beschloss, kurz im Café Fuchs einen Campari zu nippen, um danach den schwierigsten Besuch meiner dienstlichen Karriere zu absolvieren.

* * *

Trotz meiner kleinen alkoholischen Stärkung fuhr ich mit gemischten Gefühlen zum Eigenheim von Herrn Rating. Auf der einen Seite war es meine Pflicht, den Aussagen und

Andeutungen von Bekir und Hirnstein nachzugehen, auf der anderen hatte ich ein schlechtes Gewissen, den leidgeprüften Mann mit den gegen ihn vorgebrachten Anschuldigungen zu konfrontieren. Sollten die beiden mir einen Bären aufgebunden haben, so würde meine Rache an ihnen fürchterlich ausfallen, dies stand für mich unumstößlich fest. Der Umstand, dass ich Andi aus den jüngsten Ermittlungen herausgehalten hatte, reute mich hingegen wenig, da er auf keinen Fall ohne Arbeit dastehen würde, denn ich hatte beschlossen, ihm das exklusive Vergnügen zu überlassen, die nekrophilen Glatzen mit dem Ergebnis von Sylvias Spurensuche und den fotografischen Beweisen Dieter Broms zu überraschen.

Rating empfing mich in aufgekratzter Stimmung. Ich hielt es für ratsam, ihm nichts über die Festnahme Hirnsteins zu erzählen, was mir alles andere als leicht fiel, aber schließlich hatte ich noch einen zweiten Mordfall aufzuklären.

»Was wollen Sie noch von mir, Frau Fischer?«, fragte er, nachdem er mich in sein bizarres Wohnzimmer geführt hatte.

»Herr Rating, ich bin zu Ihnen gekommen, um zu sehen, wie es Ihnen geht«, log ich.

»Nun, wie Sie sehen, versuche ich zurecht zu kommen. Sind Sie in Ihren Ermittlungen einen Schritt vorangekommen?«

»Leider noch nicht. In welcher Beziehung stand Nicole eigentlich zu Bekir Özal?«

»Zu wem?«

»Zu Bekir, dem Neffen von Pieleckes Haushälterin.«

»Ich kenne diesen Mann nicht, Frau Fischer.«

»Das verwundert mich ein wenig, denn Frau Özal hat mir etwas ganz anderes erzählt. Sie berichtete mir, dass Nicole und Bekir als Kinder eng miteinander befreundet waren und quasi zusammen aufgewachsen sind. In jenen Jahren, in denen Sie noch Hausmeister im Verlag waren.«

»So, hat Frau Özal Ihnen das berichtet?«, fragte er mit geistesabwesender Stimme.

»Ich bin auf Ihre Mithilfe angewiesen, wenn ich Nicoles Mörder überführen soll, Herr Rating. Alleine kann ich das nicht. Ich muss Sie also bitten, mir zu erzählen, was Sie wissen«, fuhr ich fort und fühlte mich ein wenig unwohl dabei, ihn dermaßen an der Nase herumführen zu müssen.

»Wie ich Ihnen bereits gesagt habe, hat Nicole einzig und allein für ihre Arbeit gelebt, Frau Fischer.«

»War dies auch der Grund für Ihren Besuch bei Herrn Pielecke in der Nacht seiner Ermordung? Wollten Sie mit ihm den nächsten Karriereschritt Ihrer Tochter besprechen?«

Rating schaute mich aus müden Augen an. »Ja, natürlich war ich am beruflichen Fortkommen Nicoles interessiert. Sie war mein ein und alles.«

»Möchten Sie mir, nun da Nicole nicht mehr lebt, vielleicht die Wahrheit über sie erzählen?«

»Was gäbe es da noch zu erzählen?«, fragte er mit verbitterter Stimme.

»Mich würde interessieren, warum Sie Nicole in Ihrem alten Betrieb untergebracht haben.«

Rating erhob ich und öffnete die Tür eines chinesischen Wandschranks, entnahm ihm eine Flasche Chivas Regal, füllte zwei Gläser, dann nahm er wieder auf dem Sofa Platz. »Es kam wohl alles so, wie es kommen musste«, sagte er.

Schweigend nippte ich an meinem Drink.

»Ich hatte mit Nicole wohl stets mehr vor, als sie zu leisten gewillt war«, sagte er nach einer kurzen Pause, während der er sich eine Zigarette angezündet hatte.

»Es war also nichts mit der Sorbonne und der London School of Economics?«

»Karl-Broermann-Realschule, Mittlere Reife mit drei minus«, umriss er einen typischen Oberhausener Bildungsweg, während er sich erhob, um erneut die Whiskyflasche aus dem Regal zu holen.

»Es soll auch verdammt bessere Schülerinnen als mich gegeben haben«, versuchte ich ihn zu trösten, stellte aber augenblicklich fest, dass es wohl keinen Sinn haben würde. Statt weiter zu sprechen, reichte ich ihm mein Glas zur Wiederauffüllung.

»Pielecke war der Einzige, der Nicole nach der Schule eine Lehrstelle angeboten hat«, berichtete er weiter.

»Zu welchem Preis?«

»Zum Preis der Demütigung. Herr Pielecke war ein Sadist.«

»Ich dachte, er sei ein Schwuler gewesen.«

»Er hat nicht nur mich gedemütigt, Frau Fischer. Damit hätte ich leben können, ich musste es ja schließlich auch lange genug als Hausmeister in seinem Verlag. Aber er hat auch angefangen, Nicole bloßzustellen. Sie können sich nicht vorstellen, wie sehr sie unter seiner Tyrannei gelitten hat.«

»Wollen Sie mir erzählen, was Sie in der fraglichen Nacht von Pielecke wollten?«

»Nein, das geht nur mich und meine geschändete Tochter etwas an«, antwortete er, wobei ich es verwunderlich fand, dass es ihn überhaupt nicht zu interessieren schien, woher ich von seinem Besuch bei Pielecke wusste.

»Ich respektiere Ihre Gefühle, Herr Rating, aber ich möchte gern wissen, warum Sie Robert Pielecke gerichtet haben. Denn dass ein Mensch seines Schlages den Tod verdient hat, leuchtet auch mir als Kriminalbeamtin ein«, erklärte ich, wohl unter Einwirkung des Scotch.

»Es musste einfach sein. Irgendwann musste Schluss sein. Nachdem Nicole den ganzen Tag über nicht nach Hause gekommen war, befürchtete ich das Schlimmste. Ich ging davon aus, dass sie sich das Leben genommen hatte und wollte Pielecke zur Rede stellen, doch er hat mich nur ausgelacht und einen kleinen Hausmeister genannt.«

»Und da haben Sie zum Messer gegriffen?«

»Nein. Dies tat ich erst später, als er mir damit gedroht hat, Nicole rauszuwerfen.«

»Warum haben Sie ihn im Rennwagen festgeklebt?«, fragte ich, um ihn nicht weiter zu demütigen, sondern ihm die Möglichkeit einzuräumen, ein letztes Mal den Überlegenen zu spielen.

»Ich wollte es wie einen Gelegenheitsmord eines Strichjungen aussehen lassen«, enttäuschte er mich.

»Sie wissen, dass dies einem Geständnis gleichkommt?«

»Was soll mir denn noch passieren, Frau Fischer?«

Ich konnte ihm in keiner Weise widersprechen, sondern empfand nur abgrundtiefes Mitleid. Gleichzeitig fragte ich mich, ob ich ihm jemals auf die Schliche gekommen wäre, hätten die homophil veranlagten Hormone Doktor Thomas Hirnsteins nicht am selben Mittwoch verrückt gespielt.

Das Whiskyglas in Händen, überlegte ich einen Augenblick lang, wie Rating noch zu retten wäre, dabei spielte ich sogar mit dem Gedanken, Hirnstein auch den Mord an Pielecke anzuhängen, denn dies zu konstruieren, wäre beileibe kein Kunststück gewesen. Die steinerne Miene Ratings verriet mir jedoch, dass er keiner Rettung bedurfte. Er war mit Nicole gestorben, und eine Verlagerung seiner leiblichen Existenz in eine Justizvollzugsanstalt oder ein Landeskrankenhaus würde ihn kaum kümmern, so viel stand fest.

Mein Blick fiel auf die halbvolle Flasche Chivas Regal, und ich kam zu dem Entschluss, sie gemeinsam mit meinem Gastgeber zu leeren, sollten doch die Kollegen von der

Funkstreife entscheiden, wo sie meinen Trinkgefährten als mutmaßlichen Mörder unterzubringen hätten. Ich hatte mein Möglichstes getan, um die Sache zu einem juristisch befriedigenden Abschluss zu bringen. Wie es mir dabei ging, würde mich ohnehin niemand fragen, und ich würde es auch niemandem gestehen. Der Gerechtigkeit war genüge getan, nur darauf kam es an.

* * *

Am Abend fand ich mich mutterseelenallein vor dem heimischen Fernseher wieder. Ich sah ein, dass es müßig war, am Ende eines solchen Tages Trübsal zu blasen. Ein paar Mal spielte ich mit dem Gedanken, Alex anzurufen, hielt es aber für besser, meiner Seele dieses Leid nicht anzutun. Pünktlich zum Nachtmagazin köpfte ich schließlich die zweite Flasche Champagner und redete mir dabei ein, dass mir der edle Tropfen auch als Single mundete. Die Nachrichten über die Probleme der Welt bestätigten mich in meiner Auffassung, den Oberhausener Mikrokosmos mal wieder ganz allein gerettet zu haben, zumindest bis zum nächsten Morgen. Mit meinem Glas in der Hand pennte ich bei den Börsenberichten ein.

Danksagung

Ideen für Geschichten entstehen zuweilen zufällig. Die Initialzündung zu dieser Story lieferten mir der Essener Ordinarius für frühneuzeitliche Geschichte Professor Paul Münch und die Sterkrader Kirmesexpertin Lena Altenburg. Ersterer machte mich in einer E-Mail auf das Phänomen der Nekrophilie aufmerksam, Letztere isst gern Lángos und berichtet im Internet darüber. Aus beiden Berichten formte ich Thi Fischers dritten Fall – so ist das Leben.

KBV-KRIMI

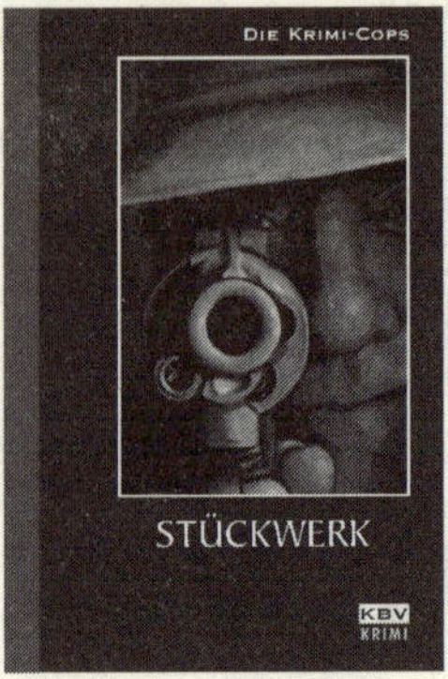

Die Krimi-Cops
STÜCKWERK
Taschenbuch, 300 Seiten
ISBN 978-3-940077-19-6
9,50 EURO

Kriminalhauptkommissar Pit „Struller" Struhlmann ist sauer. Ausgerechnet im Zuständigkeitsbereich der Düsseldorfer Mordkommission werden plötzlich über die ganze Stadt verteilt Leichenteile gefunden. Das ist doch keine professionelle Arbeit!
Und ausgerechnet jetzt teilt man ihm Christian Jensen, einen Praktikanten der Duisburger Fachhochschule zu. Praktikanten können nichts, stehen im Weg rum und wissen alles besser.
Ihre Ermittlungen führen das ungleiche Paar in die schicken Beauty-Salons der Königsallee, zur Schönen Aussicht in Grafenberg, durch schmuddelige Hinterhöfe in Flingern, zur LADY PIA, ja sogar bis in die tiefsten, verstecktesten Winkel des Polizeipräsidiums.
Nach und nach bringen sie Ordnung ins Gewirr der Leichenteile, und Struller ist schon fast zufrieden.
Aber dann verschwindet ein bekannter Skandalreporter, und die beiden Ermittler müssen feststellen, dass einige der blutigen Puzzlestücke doch nicht so zusammenpassen, wie sie es sich vorgestellt hatten ...

Diese schreibenden Cops aus Düsseldorf werden Kult, wetten?

KBV-KRIMI

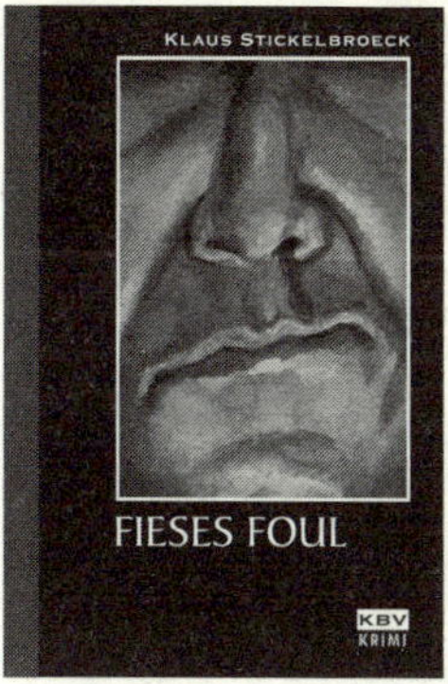

Klaus Stickelbroeck
FIESES FOUL
Taschenbuch, 323 Seiten
ISBN 978-3-940077-01-1
9,50 EURO

Das hatte Hartmann sich anders vorgestellt. Ganz anders! Als ihn Simone Sommer, das Familien- und Firmenoberhaupt eines Düsseldorfer Stahlunternehmens, beauftragt, ihre älteste Tochter Miriam ausfindig zu machen, die scheinbar einen Auslandsaufenthalt ihres Lebensgefährten nutzt, um alte, männliche Kontakte aufleben zu lassen, wittert der Ex-Fußballprofi und jetzige Privatdetektiv ein paar leicht und lässig verdiente Euro. Er irrt sich gewaltig.
Auch Hans-Rudolf Kreyendahl vermisst jemanden, nämlich seine gut aussehende Verlobte Nadia, die er in Russland erstanden hat. Hartmann hat eine Idee, wie er diesen Auftrag ebenfalls mit wenig Aufwand und quasi nebenbei erledigen kann. Nun ja, er irrt sich ein zweites Mal.
Unterstützt von seinem drogensüchtigen Kumpel Angie und Regenrinnen-Rita, der einzigen Prostituierten Düsseldorfs über zwei Meter, findet er schließlich Miriam, nur macht das die Sache nicht einfacher: Jemand hat ihr in den Kopf geschossen. Und damit fangen seine Schwierigkeiten erst an.

»Der flapsige, dauerniesende Kumpeltyp Hartmann ist grundsympatisch und glaubwürdig gezeichnet ...« (Rheinische Post)